HISTORIA DE LOS VAMPIROS Y DE LOS ESPECTROS MALÉFICOS

Jacques Collin de Plancy

HISTORIA DE LOS VAMPIROS Y DE LOS ESPECTROS MALÉFICOS
1820

Traducción y notas de
Ángel Espinosa Gadea

EDITORIAL
Letra Minúscula

Primera edición: febrero de 2025
ISBN: 978-84-1090-158-2
Depósito legal: B 3974-2025
Título original: *Histoire des vampires et des spectres malfaisans*
Copyright © 2025 Ángel Espinosa Gadea (traducción y notas)
Editado por Editorial Letra Minúscula
www.letraminuscula.com
contacto@letraminuscula.com

Todos los derechos reservados. Bajo las sanciones establecidas
en el ordenamiento jurídico, queda rigurosamente prohibida,
sin autorización escrita de los titulares del *copyright*, la
reproducción total o parcial de esta obra por cualquier medio
o procedimiento, comprendidos la reprografía y el tratamiento
informático.

ÍNDICE

PREFACIO..11

HISTORIA DE LOS VAMPIROS

PRIMERA PARTE.
DE LOS VAMPIROS ANTIGUOS..............17
    CAPÍTULO I..19
    CAPÍTULO II..23
    CAPÍTULO III...29
    CAPÍTULO IV...37
    CAPÍTULO V..43
    CAPÍTULO VI...53
    CAPÍTULO VII..61
    CAPÍTULO VIII.......................................69
    CAPÍTULO IX...73
    CAPÍTULO X..85
    CAPÍTULO XI...93

SEGUNDA PARTE.
VAMPIROS MÁS RECIENTES 97
- CAPÍTULO I 99
- CAPÍTULO II 107
- CAPÍTULO III 117
- CAPÍTULO IV 127
- CAPÍTULO V 133
- CAPÍTULO VI 141
- CAPÍTULO VII 145
- CAPÍTULO VIII 155
- CAPÍTULO IX 163
- CAPÍTULO X 167
- CAPÍTULO XI 179

TERCERA PARTE.
EXAMEN DEL VAMPIRISMO. 187
- CAPÍTULO I 189
- CAPÍTULO II 195
- CAPÍTULO III 207
- CAPÍTULO IV 215
- CAPÍTULO V 221
- CAPÍTULO VI 231
- CAPÍTULO VII 237
- ARTÍCULO DE VOLTAIRE
  SOBRE EL VAMPIRISMO 245

PREFACIO

En este siglo XIX, tan magno, tan ilustrado, tan notable por sus luces, habría cabido creer que los vampiros no serían contemplados más que como una monstruosidad indigna siquiera de un instante de atención: cuando reíamos por compasión ante la narración de espantosas historias de hombres lobo, brujos, muertos vivientes y espectros, ¡¿acaso cabía pensar que Francia se interesaría por los vampiros, por esos muertos que salen *en cuerpo y en alma* de su ataúd para morder a personas vivas, matarlas y alimentarse de su sangre?!

Voltaire se sorprendía de que los vampiros se hubieran atrevido a aparecerse en 1730: ¿qué diría si los viera reaparecer hoy en día aterrorizando a la juventud, turbando los sentidos de nuestras damas y trastornando los cerebros mal cuajados?

Cuando imprudentes escritores, so pretexto de suscitar sensaciones fuertes en almas apáticas, extravían la imaginación de la gente con las espantosas aventuras de vampiros, sin parar mientes en deshacer con un antídoto satisfactorio el daño que pueden causar sus horribles novelas, los amigos de la sensatez acaso aplaudirán los esfuerzos que aquí hemos hecho para dar al lector una idea precisa de lo que son los vampiros, las cualidades monstruosas que la superstición les atribuye y las atrocidades que se les recriminan. Ante todo, estimamos que al lector no le incomodará encontrar, a renglón seguido de la *Historia de los vampiros*, un análisis de las causas que han podido llevar a creer en la existencia de tales espectros, y que pueden mostrar hoy por hoy cuánto caso se les debe hacer.

Hay quien ha observado, antes que nosotros, que la creencia en los vampiros es una abominación antirreligiosa, que ultraja la divinidad y la moral eterna. ¿Cómo es que puede permitir Dios, que es esencialmente bueno, justo, sabio, poderoso, que los muertos salgan de su tumba en carne y hueso (cosa que no debe ocurrir hasta la gran resurrección, en el juicio final) y vayan mordiendo, asfixiando y matando en pocos instantes a personas extrañas, seres inocentes, mozas, novias...? ¿De qué fuentes ha bebido esa execrable doctrina? Si el vampirismo tuviera algún fundamento, habría que creer que Dios ha perdido su poder, y que Satán gobierna ya este desdichado mundo sublunar.

Sin embargo, hay clérigos que han favorecido la creencia en los vampiros y los espectros maléficos; ya habían ideado las apariciones, que requieren plegarias; el egoísmo y el interés explican todas estas perfidias: el terror es un medio necesario para quienes no saben guiar a los hombres valiéndose de la razón.

Hemos creído que publicando esta historia se contribuiría aún más a erradicar estas negras supersticiones, que tantas mentes sabias se dedican a combatir. Lo hemos hecho sin adscribirle ninguna gloria: no en vano, este libro no es más que *una antología*, como suele decirse. Hemos aprovechado las sabias disertaciones de Dom Calmet[1] sobre apariciones, muertos vivientes y vampiros; y quienes sean algo leídos se percatarán de que hemos rescatado aquí cuanto había de destacado en los dos volúmenes de aquel virtuoso benedictino. Empero, nos hemos esmerado en remontarnos a las fuentes que él mismo indica, y con

---

[1] El autor se refiere al abad benedictino, teólogo e historiador Dom Agustín Calmet (1672-1757), entre cuyas obras figuran *Historia del Antiguo y Nuevo Testamento y de los judíos*, así como *El mundo de los fantasmas*, y al que tanto Feijóo como Voltaire aluden en sus obras. «Dom» es título honorífico que se da a algunos clérigos cartujos y benedictinos.

frecuencia hemos descubierto pasajes que su cargo y hábitos le impedían referir, y que el lector actual no lamentará conocer.

Por lo demás, amén de una cantidad ingente de relatos y descripciones nuevas, hemos dado a las confusas indagaciones de Dom Calmet un orden metódico; hemos extraído conclusiones más precisas, y esperamos en cierto modo haber elaborado una obra *nueva*.

Se observará sin duda así mismo que este trabajo, por imperfecto que sea, ha necesitado de largas investigaciones y cierta constancia.

HISTORIA DE LOS VAMPIROS

PRIMERA PARTE. DE LOS VAMPIROS ANTIGUOS

CAPÍTULO I

INTRODUCCIÓN.— DE LO QUE SE ENTIENDE POR VAMPIRO.

Lo más asombroso en la historia de los vampiros es que hayan compartido con nuestros grandes filósofos el honor de dejar atónito al siglo XVIII; no en vano, aterrorizaron Lorena, Prusia, Silesia, Polonia, Moravia, Austria, Rusia, Bohemia y todo el norte de Europa, mientras los sabios de Inglaterra y Francia refutaban con pluma audaz y segura las supersticiones y los errores populares.

Cada siglo, es verdad, tuvo sus modas; cada país, según observa Dom Calmet, tuvo sus recelos y enfermedades; pero los vampiros no aparecieron en su pleno esplendor en los siglos bárbaros y entre pueblos salvajes; se manifestaron en el siglo de Diderot y Voltaire, en una Europa que se proclama civilizada.

Y mientras esos espectros asolaban el Norte, el Sur exorcizaba posesos; España e Italia condenaban brujos; en París, se asistía al espectáculo de los convulsionarios del cementerio de San Medardo[2].

Se ha venido dando el nombre de *upiros*[3] y, por lo general, de «vampiros» a «hombres muertos desde hacía varios años, o al menos varios meses, que regresaban en

---

2 Los convulsionarios fueron considerados fanáticos cuya exaltación religiosa se acompañaba de convulsiones. Los convulsionarios del cementerio de San Medardo, en París, se reunían en torno al sepulcro de un diácono jansenista, muerto en 1727 y enterrado en dicho cementerio.

3 Vocablo eslavo: en ruso es *упырь*; en polaco, *upiór*; en eslovaco, *upir*, por citar sólo algunos ejemplos. Su forma serbocroata, *vampir*, pasa al alemán y al francés, y, de ahí, al español.

cuerpo y en alma, hablaban, caminaban, infestaban las aldeas, maltrataban a hombres y animales, succionaban la sangre del prójimo, lo agotaban y, en último término, le causaban la muerte[4]. Sólo se libraba uno de sus peligrosas visitas y estragos desenterrándolos, empalándolos, cortándoles la cabeza, arrancándoles el corazón o quemándolos. Quienes morían tras haber sido mordidos se convertían a su vez en vampiros».

Los escasos sabios que hasta ahora han escrito sobre vampiros sostienen que la antigüedad no tuvo conocimiento alguno de esta índole de espectros. Acaso no sea imposible probar que los antiguos también tenían sus vampiros; y es lo que vamos a intentar antes de pasar a aventuras más recientes.

Hablaremos en esta primera parte de los distintos vampiros que pudieron aparecerse hasta alrededor del siglo XII. La segunda parte estudiará a estos espectros hasta los

---

[4] Definición de Dom Calmet.

días de su apogeo y hasta la decadencia del vampirismo a mediados del siglo pasado[5].

---

[5] En efecto, desde mediados del siglo XVIII, con la Ilustración, el mito del vampiro entra en declive, aunque resurgiría más tarde con el romanticismo: la celebérrima novela *Drácula* de Bram Stoker se publica en 1897. La presente obra, de Jacques Collin de Plancy, data de 1820. Collin de Plancy es autor también del famoso *Diccionario infernal* (1818).

CAPÍTULO II

DE LAS APARICIONES ENTRE LOS PUEBLOS ANTIGUOS.

Un vampiro es un muerto que sale de la tumba, un aparecido corpóreo que se manifiesta, que atormenta, que anuncia la muerte, que la da, y contra el cual hay que proceder.

Huelga decir que las apariciones fueron objetos sagrados de creencia entre todas las naciones antiguas. Desde la infancia de los pueblos, es decir, en todas las épocas de ignorancia y de barbarie, los hombres que vivían aislados tuvieron terrores y, de inmediato, supersticiones.

Hallaban en su fuero interno la certidumbre de la existencia de un dios; pero la sensación de libre albedrío (cuya existencia sólo cabe concebir si el mundo yuxtapone el bien y el mal, vicios y virtudes) era de una metafísica demasiado profunda para calar en almas toscas. Idearon un genio maligno que presidía todos los males de la tierra, y que permanecía en constante oposición frente a dios, autor del bien, creador y conservador de la naturaleza; y dieron a aquel genio maléfico espíritus subalternos, albaceas de sus órdenes. Esos espíritus despachaban las tempestades, los meteoros, las tormentas; pero sólo se mostraban de noche, porque temían a dios, mucho más poderoso que ellos. Los habitantes de las costas de la Bretaña francesa, que aún pueden darnos una idea de los pueblos en su infancia, conservan todas esas creencias. Entre ellos, el *hombre rojo* recorre de noche las orillas del mar, y precipita en él al imprudente que ose enfrentarse a su embate;

el fantasma volador desenraíza los árboles y derriba las pallozas[6]. Mil espectros similares siembran el pánico alrededor de las cabañas. En su espíritu turbio, el campesino bretón mezcla el murmullo de los vientos y el susurrar de las olas agitadas con los alaridos de un desdichado a quien los demonios asfixian o arrastran oleaje adentro. Es probable que todos los pueblos antiguos tuvieran ideas semejantes.

No en vano, cuando un individuo extraviado perecía a manos de salteadores, o por inclemencias de la tempestad, o por cualquier otro accidente, se pregonaba que un genio malvado lo había matado. Se inventaron incluso *ángeles de la muerte*, demonios que acudían a tomar y llevarse al ser que se iba de este mundo. Por tanto, no creían que la muerte fuera una aniquilación total: ya sabían que el alma sobrevive a sus despojos corpóreos; de ahí a la creencia en los muertos vivientes no hubo más que un

---

[6] Casas rurales cubiertas de paja o chamizo.

paso. El alma, que había sido arrebatada a tiernos afectos, acudía a sollozar en torno a los lugares que había tenido en estima. La sombra del maligno acudía a espantar a sus enemigos, atormentarlos, anunciarles la muerte.

Cuando la nigromante de Endor[7] hizo que apareciera el espíritu de Samuel ante Saúl, el fantasma dijo al rey: «Mañana tú y tus hijos os uniréis a mí». Es cierto que por entonces la fe en las apariciones estaba extendida entre los judíos, porque Saúl va

---

[7] Aquí Collin de Plancy dice en francés *sorcière*, que por lo común es en castellano «bruja». Las distintas versiones en español de la Biblia dicen adivina, médium, pitonisa, hechicera o bruja. El original hebreo (1 Samuel 28:7) dice literalmente (אֵשֶׁת בַּעֲלַת־אוֹב) «mujer que evoca muertos». Según el Diccionario de la Real Academia Española, nigromancia es la 'adivinación mediante la invocación a los muertos', que es precisamente por lo que la busca Saúl: para evocar a Samuel. Evocar es, en su tercera acepción, 'llamar a un espíritu o a un muerto'. Así pues, a nuestro juicio, la traducción más apropiada en castellano es en este caso «nigromante».

en búsqueda de una mujer que sepa evocar a *espíritus* o *muertos*.

Anquises se aparece a su hijo en la *Eneida*; Rómulo se aparece tras su muerte; hay apariciones en Homero y en todas las obras monumentales antiguas; y, sin duda, entre los espectros de aquel entonces había ya *vampiros*, puesto que se les ofrendaba sangre. Cuando Ulises evoca la sombra de su madre, le hace beber *sangre de carnero negro*; y todas las demás sombras están tan ávidas de esa ofrenda que se ve obligado a alejarlas con violencia para dejar a Anticlea todos los placeres del festín.

CAPÍTULO III

DE LOS BANQUETES FÚNEBRES Y DE LOS TERRORES SUPERSTICIOSOS QUE PRODUCÍAN[8].

«Era antaño una ceremonia muy solemne, muy augusta a ojos de los pueblos idólatras, la costumbre que tenían

---

[8] Extraído del capítulo x del *Essai sur les erreurs et les superstitions* (1765), de Jean-Luis Castilhon. No nos consta que haya versión en lengua española de esta obra. La traducción del título sería *Ensayo sobre los errores y las supersticiones*. En este contexto, *erreurs* se usaba antaño en francés como sinónimo de 'falsas creencias'.

de ofrendar suntuosos ágapes a los dioses de los infiernos. La superstición, que va siempre en auge una vez que se ha introducido, pronto inspiró en esos mismos pueblos la idea de rendir a los manes de los muertos los mismos honores que venían rindiendo hasta entonces a la corte infernal. Se ofrendaron *festines* a los cadáveres para apaciguar sus almas.

«La parafernalia de esos festines, el silencio profundo que reinaba en ellos, la obscuridad del lugar donde se celebraba la ceremonia, el espectáculo de los sepulcros, las osamentas, los cráneos, los cuerpos semiconsumidos que se veían a la tenue luz de las antorchas fúnebres, el abatimiento, la consternación de los comensales, que tendían los brazos al cadáver y lo invitaban a que viniera a *ser partícipe* del festín, ¡qué objetos tan capaces de espeluznar a la multitud! Así pues, la costumbre y la solemnidad de aquellas fiestas nocturnas se contemplaron como uno de los deberes más sagrados de la *religión*. ¿Cómo se transmitió aquella ceremonia a todas las naciones?

«En Egipto, donde tanto respeto tenían por los muertos, donde los sepulcros inspiraban tanta veneración, la costumbre de los banquetes fúnebres y nocturnos se observaba fielmente: era de ese modo como los egipcios terminaban la celebración de los entierros.

«En Roma, así mismo, los funerales precedían siempre a un banquete taciturno, que el heredero brindaba a los parientes y a las amistades del muerto en el propio lugar donde reposaban sus cenizas.

«Antaño en Curlandia y Semigalia[9], tan pronto como un ciudadano había dado su último suspiro, se lo ataviaba con sus mejores galas, se ponía entre sus manos o junto a él una *suma de dinero*, establecida por la costumbre, y *algunos alimentos*; se lo encerraba en un ataúd, y se lo llevaba al sepulcro, que estaba siempre lejos de las

---

9 Territorios que pertenecen hoy ambos a Letonia.

ciudades, en un campo o en un bosque. Allí se abría el ataúd y se ofrecía de comer al cadáver. Para alentarlo a tomar alimento, los maestros de ceremonias del cortejo fúnebre comían y agasajaban a todos los que habían sido invitados: habría resultado indecoroso beber sin presentar sus respetos al difunto y sin *invitarlo* a que hiciera otro tanto.

«En los primeros tiempos sólo se ofrendaba a las almas miel, leche, huevos, pan y vino; pero cuando las costumbres ganaron en ferocidad, se creyó que las almas de los muertos se complacerían más en beber sangre que en comer hortalizas. Esa insensata y cruel idea hizo que en primera instancia se derramara sangre de animales sobre la tumba y, poco después, sangre humana. Las mujeres, concubinas, esclavos, cautivos que habían pertenecido a aquéllos cuya memoria se quería honrar, perecieron acuchillados por sacrificadores: era en medio de aquellas horrendas hecatombes, de la estridencia del llanto de las víctimas y sobre sus miembros palpitantes donde las amistades del muerto celebraban sus banquetes fúnebres; era entonces cuando, animados por el vino y por el horror del espectáculo, *invocaban* al muerto; era entonces cuando, creyendo ver su alma en forma de *espectro horrendo*, de *fantasma espeluznante*, le decían en tono lúgubre y trémulo: "¡Espectro! Te has levantado del sepulcro; ¿es para unirte a nosotros, para beber y comer como nosotros?".

«Cuando aquel festín bárbaro había acabado, se consideraba satisfecha a la sombra, ya no quedaba ni un desgraciado que inmolar y los comensales acaso sentían en el fondo de su corazón el tormento del remordimiento, abandonaban bruscamente la mesa, y *conjuraban al fantasma*, que su calenturienta imaginación les hacía ver tal como si estuviera presente, para que se retirara y, sobre todo, para que no hiciera daño a esas amistades...

«Aquellas mismas crueldades, esas mismas ceremonias, las observaban religiosamente los salvajes de América. Aún en algunos parajes de la Luisiana, tan pronto como muere una mujer *noble*, es decir, de la raza del sol, estrangulan encima de su tumba a doce criaturas y catorce personas ancianas para enterrarlas con ella; y la misma superstición por la que se inmolan esas víctimas las convierte en otros tantos *fantasmas*, que los salvajes de la aldea creen ver todas las noches *vagar* por los sepulcros, y *llevar el terror* consigo adentro de las chozas como los vampiros.

«Así, brindando banquetes y sangre a los muertos, se creía que sus almas estarían agradecidas por ello; que sus fantasmas protegerían a quienes así los honraban, mientras que *tenían querencia* por perseguir y atormentar a quienes los descuidaban, a aquéllos de quienes querían vengarse, aquéllos a quienes tenían alguna razón para odiar...

«¿Qué locura era la que legitimaba aquellas fabulaciones? La avaricia de los clérigos, que reinaban valiéndose del temor, la superstición; su orgullo, que tenía interés en dejar al pueblo sumido en el terror y la ignorancia».

CAPÍTULO IV

DE LOS ESPECTROS MALÉFICOS.— DE LA EMPUSA O DEMONIO MERIDIANO.— HISTORIA DE UN FANTASMA DE LA DIÓCESIS DE MAGUNCIA, Y DE UNA MUERTA VIVIENTE DEL PERÚ.

A los pueblos ignorantes siempre les han aterrado los espíritus malignos y los fantasmas propensos a dañar. Ludovico Pío, en su historia de Francia[10], dice que cuando

---

10 A pesar de esta referencia de Collin de Plancy, no consta que Ludovico Pío (778-840) escribiera

los hunos fueron a atacar a Chariberto o Cariberto, octavo rey de los francos, aquellos bárbaros trajeron consigo un refuerzo aterrador, compuesto de los *espectros* de sus antepasados, contra quienes los franceses se vieron obligados a combatir. Una vieja crónica añade que aquellos espectros, en el fragor del combate, agarraban a los vivos por la garganta y los ahogaban. Aun así, los franceses lograron la victoria.

Mientras Carlos el Calvo asediaba Angers, espíritus malignos, en forma de langostas del tamaño de un dedo pulgar, asaltaron al ejército francés: sólo con exorcismos que lograron enviarlas al mar[11] pudieron deshacerse de aquel nuevo género

---

ninguna historia de Francia como tal, si bien es cierto que una parte de los *Annales regni Francorum* fue redactada durante su reinado y se ha atribuido a Hilduino de San Dionisio, archicapellán de su corte palatina.

[11] Collin de Plancy extrae esta cita de *Histoire de la sorcellerie en France* (1818), de Jules Garinet, de la que no nos consta traducción en español. Su título sería *Historia de la brujería en Francia*.

de enemigo. Este último relato guarda una relación menos directa que el primero con la historia de los vampiros; pero, aun con apariencia de langostas, se trata siempre de espíritus maléficos contra los que hay que proceder por medios extraordinarios.

Thomas Bartholin[12] asegura que los antiguos daneses luchaban a menudo con espectros que infestaban su país; y los escritores de nuestros tiempos bárbaros narran mil historias de espíritus malignos que atormentan a las gentes del Norte.

Se lee en Teócrito que los antiguos pastores le tenían miedo pánico al *demonio meridiano*[13]. Con forma de hombre, aquel

---

12 Thomas Bartholin (1616-1680): científico y teólogo danés a quien se le atribuye el descubrimiento del sistema linfático.

13 En nuestros días, Xavier Patier ha escrito *Le Démon de l'acédie* (2001), al que también llama *démon de midi*, esto es, acedia o demonio del mediodía; también Jean-Charles Nault: *El demonio del mediodía. La acedia, el oscuro mal de nuestro tiempo* (2023). Las traducciones del francés, pues, han popularizado la voz

demonio era Pan; con apariencia de mujer, se llamaba *empusa*. Aristófanes, en su comedia *Las ranas*, representa a la empusa como un espectro horrible, que adopta diversas formas: de perro, de mujer, de buey, de víbora, etcétera; que tiene mirada atroz, una pata de latón, una llama alrededor de la cabeza y cuyo único afán es hacer daño.

Los campesinos griegos y rusos, que han conservado ideas populares adscritas a dicho monstruo, tiemblan en las épocas de siega y de cosecha sólo de pensar en el demonio meridiano, que, según se dice, rompe los brazos y las piernas a segadores y cosechadores si no se echan con la cara boca abajo cuando lo avistan.

«demonio del mediodía». Sin embargo, la forma que encontramos en textos clásicos en castellano es «demonio meridiano»: en *Días geniales o lúdricos* (1626), de Rodrigo Caro; o en *Execración contra los judíos* (1633), de Francisco de Quevedo, entre otros. En cuanto a la acedia, era antaño el nombre de uno de los siete pecados capitales: ése al que hoy llamamos pereza.

Se lee en la vida de San Gregorio de Neocesarea que un diácono de este obispo, se introdujo una vez al anochecer en cierto bosque donde *mataban* a todo aquel que osara aventurarse en él y, una vez dentro de él, vio a una muchedumbre de *espectros de toda clase*, de los que sólo pudo librarse persignándose.

Melanchthon, autor grave donde los haya, relata de su propio puño que su tía quedó desfigurada por un contacto pérfido con el espectro de su difunto esposo, quien, por estrecharle la mano, se la quemó.

La crónica de Sigeberto[14] da por hecho cierto que en el año 858 se apareció en una aldea de la diócesis de Maguncia un fantasma maléfico, que golpeaba a los vecinos y perturbaba la paz de los matrimonios con revelaciones indiscretas; prendía fuego a las

---

14 El autor se refiere a la *Chronographia* de Sigebertus Gemblacensis, cronista benedictino de los siglos XI y XII. La crónica, escrita en latín, abarca desde fines del siglo IV hasta principios del XII; no nos consta versión en español.

cabañas, cosa que era mucho más seria, y quemaba las mieses. Quisieron exorcizarlo; pero respondía con granizo de piedras a los clérigos, que le echaban agua bendita, conque, viendo que recurrían a medios contundentes, se deslizó bajo la capa de un clérigo, al que ahuyentó echándole en cara que hubiera corrompido a ciertas mozas; a la postre, aquel fantasma no se marchó de la aldea hasta que la hubo quemado por completo...

Dom Calmet relata, según los anales de la Compañía de Jesús, la triste aventura de una joven sirvienta del Perú, a quien un *espíritu* propinó una patada en el hombro mientras dormía. El amante de la moza fue arrastrado fuera de la cama por el mismo fantasma. Un tarro de mantequilla y un crucifijo, que se encontraban en la cocina, se rompieron en mil añicos. Se percataron de que todo aquel altercado había sido obra de una joven de dieciséis años, que había muerto sin absolución sacramental.

CAPÍTULO V

DE LOS ESPECTROS QUE ANUNCIAN LA MUERTE.— AVENTURAS DE DION, DE BRUTO, DE CASIO, DE DRUSO, DEL EMPERADOR TÁCITO, DE ALEJANDRO III.— MELUSINA Y ALGUNOS OTROS FANTASMAS.— HISTORIA SINGULAR DE UN HIDALGO ESPAÑOL.

Los fantasmas de los que acabamos de hablar no se aparecen sino para atormentar y golpear. Los vampiros hacían otro tanto y, además, auguraban la muerte, bien por su mera aparición o bien profiriendo un conjuro solemne.

Aun sin denominarse vampiros, una multitud de espectros ordinarios también han venido presagiando la muerte. Dion de Siracusa[15], estando una noche desvelado en su cama, distinguió a una mujer de gran tamaño, semejante a una furia, que barría su casa. Aquel espectro se desvaneció en cuanto Dion llamó a gente. Pero su hijo se mató pocos días después; el propio Dion fue asesinado, y su familia fue *barrida* de Siracusa, como el espectro parecía haberle advertido.

Recordemos que Bruto, asesino de César, poco antes de librar batalla contra Octavio, vio entrar en su tienda en plena noche a un espectro horrendo y de forma

---

15 Dion de Siracusa (408-354 a. C.): discípulo de Platón y soberano de Siracusa, donde el propio Platón intentó, sin lograrlo, poner en práctica su ciudad ideal.

monstruosa, que le dijo: «Soy tu demonio maligno; me verás en Filipos». Casio vio en la misma batalla un espectro con el rostro de César, y que avanzaba para combatirlo. Bruto y Casio, empavorecidos por aquellos fantasmas, se quitaron la vida: al menos, hay autores que han atribuido el suicidio a dicho motivo; sin duda, la derrota en la batalla también tendría algo que ver.

Cuando Druso quiso cruzar el Elba para proseguir el curso de sus victorias, un espectro de mujer se le apareció y le anunció que el fin de su vida se acercaba. Druso, aterrado, pronto acabó muriendo a orillas del Rin.

Algún tiempo antes de la muerte del emperador Tácito, la sombra de su madre emergió de su sepulcro, según las palabras de Flavio Vopisco, y se mostró al monarca y a su hermano Floriano, que poco después murieron tanto uno como otro[16].

---

16 Collin de Plancy extrae estos relatos del *Discours des spectres ou visions et apparitions des*

Con ocasión de la celebración de las terceras nupcias de Alejandro III, rey de Escocia, en la sala donde se reunía la corte para el baile, se vio entrar a un espectro descarnado; éste se puso a piruetear ante el rey, quien al cabo de poco tiempo murió.

Camerarius cuenta[17] que en sus tiempos se veían a menudo fantasmas *sin cabeza*, que vagaban con los *ojos* abiertos de par en par e iban a las iglesias a tomar asiento en las sillas de aquellos monjes y monjas que iban a morir pronto...

Hace aún no mucho, era creencia general en aquel país que cada vez que alguien de la casa de Brandemburgo iba a morir, un espectro de mujer vagaba por los aposentos

---

esprits, comme anges, demons et ames, se monstrans visibles aux hommes (1605), de Pierre le Loyer; inédito en español; el título significaría *Discurso sobre los espectros o visiones y apariciones de espíritus, como ángeles, demonios y almas que se muestran visibles a los hombres*.

17 Rudolf Jakob Camerarius (1665-1721): médico y botánico alemán.

del príncipe con una vela en la mano. Se cuenta que un paje quiso un día detener a esa emisaria de la muerte; el fantasma, empero, le agarró de la garganta y lo asfixió...

Cardano[18] escribe así mismo que en la casa de una familia noble de Parma, cuando alguien había de morir, se aparecía sin falta el espectro de una anciana sentado bajo la chimenea.

Cada vez que alguien de la estirpe de Lusiñán[19] se ve amenazado por alguna desgracia, o que una muerte extraordinaria se cierne sobre un rey de Francia, la célebre Melusina acude a proferir alaridos en todas las torres del castillo que ella misma hizo

---

18 Gerolamo Cardano (1501-1576), castellanizado a veces como Jerónimo Cardano: matemático, ingeniero, filósofo, médico y astrólogo italiano.

19 Casa noble medieval francesa envuelta en un halo de misterio, pues la leyenda oral y más tarde la escrita atribuían su fundación al hada Melusina, mencionada por Collin de Plancy aquí y en su *Diccionario infernal*.

edificar... Sin embargo, hace alrededor de un siglo que no se ha aparecido.

Leemos esta singular historia, que parece de cierta antigüedad, en Antonio de Torquemada[20]: «Un caballero, siendo muy rico y muy principal, trataba amores con una monja, la cual, para poderse ver con él, le dijo que hiciese unas llaves conformes a las que tenían las puertas de la iglesia, y que ella también haría de manera que por un torno que había para el servicio de la sacristía y otras cosas pudiese salir donde ambos podrían cumplir sus ilícitos y abominables deseos. El caballero, muy contento de lo que estaba ordenado, hizo hacer dos llaves, una para una puerta que estaba en un portal grande de la iglesia, y otra para la puerta de la misma iglesia. Y porque el

---

[20] Literato español del siglo XVI. El fragmento en cuestión pertenece a su *Jardín de flores curiosas* (1570) y dado que es una obra en castellano, no traduciremos aquí las palabras de Collin de Plancy, sino que transcribiremos el extracto del original de Antonio de Torquemada.

monasterio estaba algo lejos del pueblo, él se fue al medio de una noche que hacía muy oscura en un caballo, sin llevar ninguna compañía, porque su negocio fuese más secreto; y dejado arrendado[21] el caballo en cierta parte conveniente, se fue al monasterio, y en abriendo la primera puerta, vio que la de la iglesia estaba abierta, y que dentro había muy gran claridad y resplandor de hachas[22] y velas encendidas, y que sonaban voces como de personas que estaban cantando y haciendo el oficio de un difunto. Él se espantó, y se llegó a ver lo que era; y mirando a todas partes, vio que la iglesia estaba llena de frailes y clérigos, que eran los que estaban cantando aquellas obsequias, y en medio de sí tenían un túmulo muy alto cubierto de luto, y alrededor de él estaba muy gran cantidad de cera que ardía; y así

---

21 «Arrendar» no es aquí 'alquilar', sino 'atar y asegurar por las riendas una caballería'.

22 «Hacha» significa aquí 'vela grande y gruesa, de forma por lo común cuadrangular'.

mismo los frailes y clérigos y otras muchas personas que con ellos estaban tenían en las manos sus velas encendidas; y de lo que mayor espanto recibió fue de que no conocía a ninguno; y después de haber estado un buen rato mirando, se llegó cerca de uno de los clérigos, y le preguntó quién era aquel difunto por quien le hacían aquellas honras, y el clérigo le respondió que se había muerto un caballero que se llamaba... nombrando el mismo nombre que él tenía, y que le estaban haciendo el entierro. El caballero se rió, respondiéndole: "Ese caballero vivo es, y así vos os engañáis". El clérigo le tornó a decir: "Más engañado estáis vos, porque cierto él es muerto, y está aquí para sepultarse", y con esto tornó a su canto. El caballero, muy confuso de lo que le había dicho, se llegó a otro, al cual le hizo la misma pregunta, y le respondió lo mismo, afirmándolo tan de veras, que le hizo quedar muy espantado; y sin esperar más, se salió de la iglesia, y cabalgando en su caballo se comenzó a volver para su casa, y no hubo dado la vuelta, cuando dos mastines muy grandes y muy negros le comenzaron a acompañar, uno de una parte y otro de la otra, por mucho que hizo y los amenazó con la espada, no quisieron partirse de él, hasta que llegó a su puerta, adonde se apeó, y entró dentro; y saliendo sus criados y servidores, que le estaban esperando, se maravillaron de verle venir tan demudado y la color tan perdida, entendiendo que le había acaecido alguna cosa, se lo preguntaron, persuadiéndole con gran instancia a que se lo dijese. El caballero se lo fue contando todo particularmente, hasta entrar en su cámara, donde acabando de decir todo lo que había pasado, entraron los dos mastines negros, y dando asalto en él, le hicieron pedazos y le quitaron la vida, sin que pudiese ser socorrido; y así salió verdad lo de las obsequias que en vida le estaban haciendo.

«Ese pagó lo que merecía su pecado, y así, había Dios de permitir que fuesen castigados todos los que intentan de violar los monasterios, tan en ofensa de su servicio».

CAPÍTULO VI

DE LOS ESPECTROS Y DEMONIOS QUE TRAEN LA MUERTE.— ESPECTROS DE NEOCESAREA, DE EGIPTO, DE CONSTANTINOPLA.— OPINIONES DE LOS MUSULMANES SOBRE LA MISMA MATERIA.— DE ALGUNAS PERSONAS MATADAS POR EL DIABLO.— HISTORIA DEL ESPÍRITU DE HILDESHEIM.

No bastaba con fabular apariciones, volverlas pavorosas; el hombre, malvado por lo común, atribuyó a los espíritus y muertos vivientes sus cualidades malignas: había conferido a los fantasmas, cuya creación había sido fruto de su propia debilidad, la propensión y el poder de atormentar a los vivos. Los espectros anunciaron la muerte, y pronto la trajeron consigo.

Es verdad que no es fácil concebir cómo puede un espíritu dar una patada en el hombro a una moza, o un puñetazo en el vientre a un pobre hombre; pero no hay que extrañarse de nada ante los amantes de leyendas y demonomaníacos. Cesáreo del Císter[23] cuenta en su libro de milagros que al pasar un monje delante de un *cuadro* que representaba a San Juan Bautista, sin reverenciarlo como mandan los cánones, la *imagen* del santo brotó del lienzo, derribó al monje y lo destripó a patadas.

---

[23] Cesáreo de Heisterbach: cisterciense, autor en el siglo XIII de *Dialogus magnus visionum atque miraculorum*. Traducido al castellano como *Diálogo de milagros de Cesáreo de Heisterbach* (1998) por Zacarías Prieto.

Puesto que los muertos vivientes y los espectros pugnan ostensiblemente con los hombres, sin duda es menester admitir que se aparecen en cuerpo y en alma[24] como los vampiros; de otro modo ni el más sutil de los teólogos podrá explicar su proceder. Anfiloquio dice en la vida de San Basilio que el espectro de San Mercurio mató al emperador Juliano: bien es cierto que lo

---

24 El autor insiste en la idea de «en cuerpo y en alma» porque Dom Calmet había establecido en su obra una distinción entre los *revenants* inmateriales como espíritus o fantasmas, por un lado, y, por otro, los vampiros, que son *revenants* corpóreos, tangibles. Sin embargo, Collin de Plancy refutará dicha distinción a lo largo de esta obra; de ahí que hayamos optado por traducir *revenant* por «muerto viviente», de acuerdo con la definición del mitólogo Xavier Ivanoff, que en su *Histoire de revenants: de l'Antiquité à la fin du Moyen Âge* (2007: 17) afirma (la traducción es nuestra): «el *revenant* es un muerto que se aparece revestido de su envoltura corporal. Rara vez es anónimo. Es un muerto a quien se ha conocido en la aldea y que "regresa" en carne y hueso para presentarse ante los vivos, muy a menudo en el lugar donde ha vivido. Físicamente, posee el mismo cuerpo que un vivo».

hizo con una alabarda suiza; pero aun así era necesaria una mano que la empuñara.

San Gregorio de Nisa asegura que durante una gran peste que asoló la ciudad de Neocesarea, se vieron espectros en pleno día entrando en casas, y llevando la muerte a ellas.

El obispo Juan de Asia[25], dice que, durante la gran peste que acaeció en tiempos del emperador Justiniano, se veían en barcas de latón *espectros negros* y sin cabeza, que iban bogando por el mar y se encaminaban a los lugares que la epidemia

---

25 Este relato consta en el tomo II, p. 86-87, de *Biblioteca Orientalis* (1719-1728), de Yusuf ibn Siman as-Simani (castellanizado como José Simón Assemani), citado por Dom Calmet en la p. 68 de sus *Dissertations sur les apparitions des anges, des demons & des esprits et sur les revenans et vampires de Hongrie, de Boheme, de Moravie & de Silesie* (1746); en 1751, se reeditan, revisadas y aumentadas, con el título *Traité sur les apparitions des esprits et sur les vampires ou les revenans de Hongrie, de Moravie, &c*, y dicha edición tiene traducción reciente en español con el título *Tratado sobre los vampiros* (2009), de Lorenzo Martín del Burgo.

empezaba a estragar. Cuando la infección despobló una ciudad de Egipto, tanto que ya no quedaban más que ocho personas, estos desdichados quisieron salvarse; pero fueron interceptados por los espectros, así que corrieron la misma suerte que todos sus compatriotas.

Ese obispo Juan cuenta también que en una gran peste que se llevaba la vida en Constantinopla de entre *quince y dieciséis mil* personas por día, se veían por la ciudad demonios y fantasmas que corrían de casa en casa, ataviados de monjes, y que traían la muerte. Este último relato se asemejaría a un epigrama si no fuera porque nos viene de un santo obispo que no los escribía.

Los musulmanes creen también que las sombras de los malignos pueden traer la muerte. Se cita a cierto joven príncipe que, tras matar a su padre para quedarse con sus reinos, dio muerte también a su hijo para reinar más apaciblemente. El espectro paterno se desentendió de él; el fantasma de su hijo, sin embargo, lo persiguió sin descanso, diciéndole: *Te mataré como tú has matado a tu padre*. El joven déspota se cayó del caballo, y murió a causa de ello[26].

En las tierras sometidas a Mahoma se admite también la existencia de espíritus (*feyā* o *fayā*), que traen la muerte a los hombres[27]. Se lee en *Biblioteca oriental* de Bartolomé d'Herbelot[28] que el sultán Moctadi-Bemvilla fue matado en un festín, delante de sus mujeres, por uno de aquellos espíritus maléficos.

---

26 Guarda semejanza con la admonición que citan ciertos historiadores, según la cual, al salir de Antioquía, a Caracalla se le apareció en sueños la sombra del emperador Severo, que le dijo: «Te mataré como tú has matado a tu hermano».

27 Dichos espíritus son los mismos a los que los antiguos llamaban estriges, como veremos más adelante.

28 Barthélemy d'Herbelot (1625-1695): orientalista, autor de la *Bibliothèque orientale*, una enciclopedia de carácter histórico, geográfico, bibliográfico, religioso y cultural publicada en 1697; no nos consta traducción en español.

Damos así mismo a los demonios el poder de ahogar, estrangular y llevarse a los vivos. Se sabe que el diablo mató a los siete primeros maridos de la joven Sara; que un ángel de la muerte exterminó a los primogénitos de los egipcios; que otro mató a los hebreos que murmuraban en el desierto; que otro más, o acaso el mismo, cometió una horrible masacre contra el ejército de Senaquerib, por ejemplo.

Cesáreo del Císter narra la historia de un jugador al que el diablo se llevó tras haberle ganado todo su dinero a la tabula. Gabriela de Estrées[29] resultó asfixiada, y Karlstadt estrangulado, por un ángel de la muerte: muchos otros corrieron la misma suerte. Se lee en *Historia de la brujería en Francia* la terrible desventura del pobre Espèce, que tras perder todo su dinero en el juego, se puso a marmullar contra Dios y los santos, y blasfemó varias veces contra la Virgen María, madre de Dios, diciendo:

---

29 Favorita del rey Enrique IV de Francia.

¡Reniego de Dios y de la puta María! Al anochecer, empero, un monstruo grande y horrible se acercó al barco donde roncaba el impío, y se lo comió.

En la diócesis de Hildesheim, en Sajonia, hacia el año 1132, se vio durante largo tiempo un fantasma al que los sajones llamaban *duende del birrete* por su tocado. Se había alojado en casa del obispo, a quien solía dar sabios consejos: también llevaba agua a la cocina. Pero después de que lo insultara un mozo de cocinas y ningunearan sus quejas, asfixió al joven infeliz y lo hirvió... Desde entonces aquel espíritu, que tan afable se había mostrado, se volvió tan maligno que hubo que exorcizarlo[30].

---

30 Relato referido por Gabrielle de Paban en *Histoire des fantômes et des démons qui se sont montrés parmi les hommes* (1819) y por Dom Calmet (*ibidem*), citando ambos la obra del abad benedictino Johannes Trithemius (1462-1516), castellanizado como Juan Tritemio.

CAPÍTULO VII

DE LOS ÍNCUBOS Y SÚCUBOS.— HISTORIA DE PIERRON, DE BOUCHER Y DE THIBAUD DE LA JACQUIÈRE.— AVENTURA DE LA HIJA DE UN CLÉRIGO DE BONA.— AVENTURA DE UNA JOVEN INGLESA.— LA PESADILLA.

Tanto antiguos como modernos han entendido por *íncubos* y *súcubos* aquellos espectros y demonios que se aparecen para ayuntarse con mortales y compartir sus caricias. Los súcubos, bajo apariencia de mujer, copulan con hombres; los íncubos, bajo apariencia de hombre, fornican con damas. Los fantasmas de esta especie guardan relación con el asunto que tratamos, pues se presentan con un cuerpo material y sensible, y a menudo su único afán para copular no es sino asfixiar.

Podrían llenarse enormes tomos con las espeluznantes historias de los íncubos y súcubos; nos conformaremos con citar las más célebres.

Nicolas Remy, en su *Demonolatría libri tres*[31], relata que un pastor de Lorena, de nombre Pierron, hombre casado y que tenía incluso un mozalbete de ocho o diez años, concibió un vehemente amor por una moza de su aldea. Un día que andaba embelesado pensando en esa joven, ésta se le apareció, o, mejor dicho, un demonio

---

[31] Inquisidor francés del siglo XVI. En su *Dæmonolatreiæ libri tres*, en latín (sin traducción en español, aunque sí en inglés, francés y alemán) relata 900 juicios y sesiones de tortura contra brujas y brujos.

con su semblante. Pierron le confiesa su amor: ella quiere corresponderlo, siempre y cuando él se le someta en todo. El pastor acepta y goza con el espectro.

Algún tiempo después la presunta joven da al hijo del pastor una manzana que lo envenena. Mientras que el padre y la madre se abandonan a la desesperación por la muerte de su hijo único, la moza infernal se aparece y dice: «Si me rindes adoración, te devolveré a tu hijo». El campesino se arrodilla, y su hijo revive. Vivió así durante un año; pero al cabo de aquel tiempo, la moza se marchó del lugar; el mozo *volvió a morir*, y lo enterraron sin ceremonia en un campo apartado.

Ambroise Paré[32] cuenta en su libro de *Monstruos y prodigios*, capítulo XXVIII, que estando un criado, apellidado Boucher, muy

---

[32] Cirujano regio y anatomista francés del siglo XVI. *Monstruos y prodigios* (1585); publicada su traducción en castellano, de Ignacio Malaxecheverría, en 1993.

absorto en pensamientos lujuriosos, se le apareció un demonio o un espectro con semblante de hermosa mujer. No le costó conseguir sus más preciados favores; pero de pronto vientre y muslos se le prendieron en llamas; le ardió todo el cuerpo, y murió miserablemente.

Un joven libertino, que se llamaba Thibaud de la Jacquière, era un enamorado de todas las mujeres. Se le presentó un demonio con semblante de bella damisela: Thibaud no desaprovechó la ocasión; pero mientras lo estrechaba entre sus brazos, la damisela recobró su forma de diablo, sus garras y dientes, y estranguló a Thibaud.

Un párroco de Bona[33], de nombre Arnold, que vivía en el siglo XII, tenía una hija extremadamente bella. Velaba por ella con

---

33 Forma antigua de Bonn, ciudad alemana. El relato que empieza aquí aparece en otra obra del propio Collin de Plancy: *Le diable peint par lui-même* (1825), capítulo XX; no nos consta traducción en español. El relato original aparece en Cesáreo de Heisterbach, *ibidem*, libro III, capítulo VIII.

el mayor celo, a causa de los canónigos de Bona, que estaban enamorados de ella; y cada vez que salía él, la encerraba sola en un cuarto pequeño.

Una tarde que estaba encerrada de esa forma un diablo o un espíritu acudió a su encuentro con semblante de bello joven, y se puso a cortejarla. La joven, que estaba en esa edad en que el corazón habla con fuerza, pronto se dejó seducir y concedió al apasionado demonio todo cuanto deseaba. En contra de lo acostumbrado, el demonio fue constante, y no dejó de acudir cada noche a pernoctar con su bella amiga. Al cabo de un tiempo se quedó encinta, y de forma tan obvia que no le quedó más remedio que confesárselo a su padre, cosa que hizo llorando a lágrima viva. Al clérigo, enternecido y afligido, no le costó darse cuenta de que a su hija la había engañado un íncubo; por ese motivo, la envió enseguida al otro lado del Rin para esconder su vergüenza y sustraerla a la búsqueda de su amante.

Éste llegó al otro día, y quedó muy sorprendido de no ver ya a su bella joven: «Malvado cura —dijo al padre—, ¿por qué me has arrebatado a mi mujer?». Diciendo aquello asestó al párroco un buen puñetazo en el estómago, golpe del que éste murió al cabo de tres días. Se desconoce qué fue del resto de esta edificante historia.

Una joven inglesa, que iba al bosque a una cita amorosa, se encontró con un espíritu o un demonio con el semblante del amante a quien buscaba, y le cedió sus favores más íntimos. A su regreso, se sintió aquejada de una cruel enfermedad, de la que acusó a su amigo, quien se eximió con una *coartada*. Se sospechó que hubiera sido cosa del diablo, sospechas que quedaron confirmadas cuando al cabo de unos días la joven murió enteramente putrefacta y con tanta ganancia de peso que entre ocho hombres apenas pudieron enterrarla.

Otra joven, encinta del diablo, dio a luz a un monstruo, *el más feo que jamás se hubiera visto*. Todas estas historias son harto horrendas; ¿pero acaso tiene hartura la imaginación de los teólogos?

En el siglo XV no se sabía todavía lo que era una *pesadilla*. Se dijo que era un monstruo; aquélla era una forma pronta de sortear el escollo. Unos sostuvieron que la pesadilla era un espectro (un verdadero vampiro) que oprimía el vientre de la gente dormida para ahogarla; otros esgrimían que era un íncubo que estrangulaba a los durmientes ejerciendo en ellos su lascivia. Del Río[34], que llama a la pesadilla *incubus morbus*, dice que se trata de un *demonio desvirgador*.

Entre los antiguos, toda moza que perdía su doncellez acusaba a un dios de su flaqueza; en el cristianismo, aquellos dioses

---

[34] Martín Antonio del Río (1551-1608): historiador, filólogo y teólogo jesuita flamenco de origen español. La cita de Collin de Plancy es de la obra *Disquisitionum magicarum* (1599), traducida en parte al español: *La magia demoniaca. Libro II de las Disquisiciones Mágicas* (1991).

remotos fueron sustituidos por demonios y fantasmas.

CAPÍTULO VIII

AMORES DE MACATES Y DEL ESPECTRO DE FILINION.— HISTORIA ANÁLOGA DE UNA RESUCITADA DE LA CALLE SAINT-HONORÉ.

Un joven de Trales[35], en Asia Menor, llamado Macates, mantenía trato amoroso con la bella Filinion, hija de Demóstrato y Cárito, sin que los padres estuvieran enterados.

---

[35] Collin de Plancy extrae este relato de Flegón, a quien mencionará más adelante; también lo cuenta Gabrielle de Paban, *ibidem*, p. 99.

Aquella joven había muerto sin que su amante lo supiera, y su espectro siguió yendo a pasar la noche con él; y, queriendo sin duda estrechar aún más los lazos de un amor que la tumba habría debido apagar, ella le dio el anillo de oro que llevaba en el dedo, y una cinta de lino que le cubría el estómago; a cambio, recibió de Macates un anillo de hierro y una copa dorada.

Una noche, empero, alguien que había visto a Filinion junto a Macates, corrió a avisar de ello a su familia.

Los padres, que habían asistido al funeral de su hija, no pudieron creer de buenas a primeras lo que les contaban; pero, adentrándose de noche en la vivienda de Macates, reconocieron a Filinion y corrieron a ella para abrazarla. «Deteneos —exclamó ella—; ¿por qué estropeáis mi felicidad...?». Al mismo tiempo, el espectro cayó inerte sobre la cama.

Fueron a visitar el sepulcro donde se había sepultado a Filinion; no encontraron en él más que el anillo de hierro y la copa dorada que le había dado su amante. Así pues, la enterraron una segunda vez; y Macates, horrorizado de haber yacido con un espectro, se quitó la vida.

Se lee en el tomo VIII de las *Causas célebres*[36] una anécdota que puede explicar varias otras. Un mercader de la calle Saint-Honoré, en París, había prometido su hija a uno de sus amigos, mercader como él en la misma calle; pero un magnate se enamoró de su joven hija, el padre lo prefirió y contrajeron nupcias.

Poco tiempo después de la boda, la recién casada cayó enferma; y, creyéndola muerta, la sepultaron y la enterraron. Su primer amante, esperanzado en que acaso sólo estuviera sumida en un letargo, la hizo desenterrar en plena noche: tuvo la dicha

---

36 *Causes célèbres et intéressantes, avec les jugements qui les ont décidées* (1735), del abogado François Gayot de Pitaval; consta traducción antigua al español del tomo I: *Causas célebres e interesantes con las sentencias que las han decidido: tomo* I (1798), de Juan Sánchez y Sánchez.

de encontrarla viva; la reanimaron y se casó con ella. Se mudaron a Inglaterra, y allí vivieron felices y tranquilos.

Al cabo de diez años volvieron a París, y el primer marido, reconociendo a su mujer durante un paseo, la reclamó por vía judicial. Aquello fue objeto de un juicio en toda regla: la joven y su segundo marido se defendían aduciendo que la defunción había disuelto los vínculos del primer matrimonio; además, recriminaban al magnate que hubiera hecho enterrar a su mujer tan precipitadamente. No obstante, en previsión de que pudieran perder el pleito, se marcharon de nuevo a una tierra extranjera, donde acabaron sus días en paz.

«¿Quién nos asegura —añade Dom Calmet— que, en la historia de Flegón, la joven Filinion no fuera inhumada de esa manera en una *cripta* sin estar muerta del todo y que todas las noches fuera a ver, con naturalidad, a su amante Macates?». Máxime sin estar sepultada ni enterrada.

CAPÍTULO IX

DE LOS LICÁNTROPOS U HOMBRES LOBO[37] QUE DEVORABAN NIÑOS Y BEBÍAN SANGRE HUMANA.

---

37 «Hombre lobo» en francés es *loup-garou,* una palabra interesante etimológicamente. En efecto, *loup* es 'lobo', mientras que *garou* deriva del fráncico *wariwulf*. El fráncico era la lengua germánica que hablaban los francos al llegar a las Galias y que dejó cierto superestrato en el latín que, con algún substrato céltico galo, ya se hablaba en ellas; no en vano, ese *wariwulf* emparenta con el vocablo inglés *werewolf*, y con el alemán *Werwolf*, p. ej., donde *wer(e)* es 'hombre' (antaño *man* no era solamente un hombre adulto, sino un ser humano en general) y *wolf* es 'lobo'. Por ende, *garou* ya significaba de por sí 'hombre lobo'; sin embargo, con el tiempo, cuando el hablante ya había perdido la noción de la etimología ancestral del vocablo, le añadió *loup* para reforzar su significado; la palabra compuesta ya aparece en textos del siglo XIII.

Todos estos relatos, y sobre todo los espectros que matan, el fantasma de Filinion y de aquellas otras muertas que se aparecen en cuerpo y en alma para ayuntarse con vivos, guardan una estrecha relación con el vampirismo. Acerquémonos aún más a los vampiros en su perfección hablando de los *hombres lobo* y de los espectros que *comen carne* y *beben sangre*.

La creencia en hombres lobo y en la metamorfosis de hombres en animales es antiquísima. En la Biblia, Nabucodonosor se convierte en un buey; en Homero, los compañeros de Ulises se transforman en cerdos; en Ovidio, Licaón se metamorfosea en lobo, por ejemplo.

Se ha visto gente que creía ser una olla de barro, y alejarse de los transeúntes para no hacerse añicos. El inmortal Pascal[38]

---

[38] Blaise Pascal (1623-1662): célebre matemático, físico y filósofo francés. Se dice que en octubre de 1654, viajando en carruaje, éste quedó al borde de un precipicio, lo que lo marcaría de por vida; de ahí su mención al precipicio, no sólo en

siempre se imaginaba que estaba al borde de un precipicio. Áyax enfurecido creía que exterminaba a príncipes griegos degollando un rebaño de ovejas, así como Don Quijote embestía, lanza en ristre, aspas de molinos de viento convencido de atravesar gigantes.

Aquellos que padecen de licantropía (enfermedad hoy extremadamente rara) se creen que son lobos, y se comportan como tales[39]. Virgilio habla en una de sus églogas de los

---

sentido metafórico, en *Pensamientos* (1670), por ejemplo; poco después, sobre la medianoche del 23 al 24 de noviembre de ese mismo año, rememorando aquel suceso, experimenta una especie de revelación que lo lleva a redactar en el acto su *Memorial*, texto de una página en que expresa un fervoroso testimonio de encuentro místico con dios que señala su rendición total a la fe cristiana.

39 Collin de Plancy nos remite aquí a un relato titulado *La course du loup-garou*, en la obra *Demoniana* (1820: 203), de Gabrielle de Paban; no hay traducción al castellano. Sin embargo, el relato está extraído a su vez de una obra de 1710 de Laurent Bordelon de la que hay traducción en portugués: *Histoira das imaginaçôes extravagantes de Monsieur Oufle: causadas pela leitura dos livros que tratao da mágica* (1814).

métodos que empleaban los pastores para volverse lobos. En la *Incredulidad sabia* el clérigo Jacques d'Autun cuenta que un rey de Bulgaria solía transformarse en lobo para atemorizar a sus súbditos. Plinio narra la historia de un tal Antæus, de una estirpe cuyos miembros tenían el privilegio de transformarse en lobos, y de correr por los bosques.

Se asegura también que cortando la pata de un hombre lobo se destruye el hechizo de su metamorfosis: se le fuerza a volver a convertirse en hombre; pero con la mano o el pie amputado. Eso es lo que le sucedió a la mujer de un noble de Auvernia que, transformada en loba, quería agredir a un cazador, amigo de su marido: el cazador al defenderse le abatió la pata derecha, y su marido la quemó, como era costumbre en aquellos tiempos[40].

---

40 Este relato lo refiere Henry Boguet (1550-1619), juez y autor del *Discours exécrable des sorciers* (1602), obra redactada en el contexto de las persecuciones y juicios por brujería a lo largo del siglo XVI.

Es sabido que la cualidad distintiva de los hombres lobo es su gran gusto por la carne fresca. Pierre de Lancre[41] asegura que estrangulan a perros y niños; que se los comen con buen apetito; que caminan a cuatro patas; y que aúllan como lobos de verdad, con feroces fauces, ojos fulgentes y colmillos puntiagudos.

El año 1521 se enjuició en Besançon a tres célebres hombres lobo: Pierre Burgot, Michel Verdun y Pierre el Gordo. Los tres confesaron que se habían dado al diablo. Michel Verdun confesó que había llevado a Burgot a un lugar apartado y luego habían danzado en honor a Lucifer, portando velas verdes en la mano; y que tras untarse

---

[41] Pierre de Lancre (1553-1631): magistrado francés, autor entre otras obras de *Tableau de l'inconstance des mauvais anges et démons* (1612), y uno de los artífices de la caza de brujas acometida en tierras vascas de Francia; esa obra está traducida al castellano por Elena Barberena: *Tratado de brujería vasca: descripción de la inconstancia de los malos ángeles y demonios* (2004).

de grasa el cuerpo se habían transformado en lobos. En aquel estado se apareaban con lobas con tanto placer como lo hacían con las mujeres cuando eran hombres. Burgot declaró que había matado a un joven con sus patas y dientes de lobo, y que lo habría devorado de no ser porque los campesinos lo ahuyentaron. Michel Verdun confesó que había matado a una joven que andaba recogiendo guisantes, y que él y Burgot habían matado y devorado a otras cuatro jóvenes campesinas: dieron testimonio de la fecha, el lugar y la edad de los niños que habían sustraído. Aquellos infelices fueron condenados a ser quemados vivos; de su historia se hizo una pintura en la iglesia de los Jacobinos de Poligny. En ese excelente cuadro, cada lobo esgrimía un cuchillo de cocina en su pata derecha[42].

---

[42] Este relato viene de Jules Garinet (*ibidem*, 1818: 118). En la misma obra se narran otros casos de hombres lobo quemados por haberse comido a niños pequeños.

Bodino[43] cuenta sin ruborizarse que en 1542 se vieron una mañana ciento cincuenta hombres lobo en una plaza pública de Constantinopla. El autor de la *Realidad de la magia y de las apariciones*[44] añade que este hecho consta en los diarios de la época. Sería cosa singularísima ver esos diarios de Turquía de 1542. El mismo autor (el abad Simonnet), que ha asumido en 1819 la labor de cometer un compendio apenas digno siquiera del siglo XIII, cuenta más adelante la historia de tres jóvenes que desfiguraron a hermanas y amantes suyas, disfrazadas de

---

43 Jean Bodin, castellanizado como Juan Bodino: jurista, economista, filósofo y politólogo francés del siglo XVI.

44 *Réalité de la magie et des apparitions, ou contre-poison du Dictionnaire infernal* (1819: 84), del abad Simonnet; no hay traducción en español; el título significa *Realidad de la magia y de las apariciones, o antídoto al Diccionario infernal*. Recordemos que el *Diccionario infernal* lo había publicado el propio Collin de Plancy un año antes, en 1818. Entre ambos autores se mantiene, pues, una pugna dialéctica.

lobas; y dice que la extrajo de una crónica de Poitiers[45]: pero esa crónica y semejante historia sólo existen en la cabeza del abad Simonnet. No hacía falta inventarse cuentos de hombres lobo, cuando ya abundan en la obra de Nynauld sobre la licantropía[46].

Por añadidura, hasta mediados del siglo XVII se avistaban por toda Europa hombres lobo, brujos y espectros. Todos los escritores devotos hablan de ellos con desasosiego.

---

[45] El abad Simonnet no cuenta que estuvieran disfrazadas (1819: 86-87), sino que sobrentiende que las jóvenes se habían transformado en mujeres loba; Simonnet tampoco refiere ninguna crónica, sino que aduce una tradición oral que se remonta al menos a 300 años antes (esto es, hacia comienzos del siglo XVI).

[46] Jean de Nynauld: médico francés y autor de *De la lycanthropie, transformation et extase des sorciers* (1615); hay traducción en español: *Sobre la licantropía: transformación y éxtasis de las brujas / compuesto por J. de Nynauld, doctor en medicina*, traducción de Marina Rivas García (2022); Jean de Nynauld trata de explicar desde una óptica racionalista el vuelo de las brujas y la transformación de hombres en bestias.

Resulta no poco sorprendente que en la admirable novela *Los trabajos de Persiles y Sigismunda*, última obra de Cervantes, aparezcan islas de hombres lobo y hechiceras que se transforman en lobas para secuestrar a los hombres de los que se enamoran.

Se quemaba todos los días a un gran número de desdichados hipocondríacos[47], acusados de licantropía; y los teólogos y devotos se quejaban de continuo de que no se quemaban bastantes. Pierre de Lancre[48] cita como bello y muy atinado ejemplo un relato que saca de no se sabe dónde, acerca de un duque de Rusia, «quien, advertido de que un súbdito suyo se transformaba en toda clase

---

[47] Conviene señalar que cuando Collin de Plancy escribe esta obra, en 1820, *hipocondríaco* no tenía el significado que le damos hoy. La hipocondría se entendía como una enfermedad originada por vapores emanados del bazo, situado en el hipocondrio izquierdo, causados por la bilis negra, y que, para la medicina de la época, volvían al paciente muy melancólico y de fantasía exaltada.

[48] Pierre de Lancre, *ibidem*, libro IV.

de bestias, mandó buscarlo; y, tras encadenarlo, le pidió que demostrara sus poderes; cosa que hizo, convirtiéndose de pronto en lobo: pero el duque había preparado dos dogos y los azuzó contra aquel miserable, a quien descuartizaron al instante».

Ante el médico Pietro Pomponazzi[49] llevaron a un campesino que padecía de licantropía, que gritaba a sus vecinos que huyeran si no querían que se los comiera. Como aquel pobre hombre no tenía ningún rasgo de lobo, los aldeanos, convencidos aun así de que lo era, habían empezado a desollarlo para ver si acaso no tenía el pelo bajo la piel. Pomponazzi lo curó, como podría haberse curado a muchos otros si no se hubiera preferido quemarlos para asustar a los indevotos[50].

---

49 Filósofo de los siglos XV y XVI, estudioso de Aristóteles.

50 Los hombres lobo —dice Collin de Plancy— debían de ser comunes en unos tiempos en que la gente estaba sumida en miserias que apenas sospechamos. El trabajo excesivo y el hambre traían consigo la melancolía negra —véase

En esos tiempos tan entrañables, los hombres lobo no eran los únicos que comían carne fresca. Amén de los ogros, que causan pavor aún en una multitud de aldeas, había muchos otros vampiros que en verdad no estaban muertos, pero que no por ello resultaban menos maléficos. No relataremos aquí la horrenda historia de Gilles de Laval, que hizo morir a cientos de niños para satisfacer una demencia infame y una depravación que nadie se apresuró a castigar, porque el culpable era poderoso.

---

nuestra nota 47—. Los clérigos y monjes, que no tenían otra forma de retener a los infelices en sus arduos deberes para con sus numerosos tiranos, daban crédito a todas las historias de espectros, brujos y hombres lobo. El campesino, con el cerebro trastornado y con los órganos debilitados, se mudaba en hombre lobo, y se echaba a correr por el campo. Acaso tenía esperanzas de que el diablo no lo tratara peor que sus amos. Aunque fueran muy conscientes de que no era un lobo, lo quemaban por la gloria de la religión, etc. Así, los desdichados temían a los monjes y odiaban a dios.

No hay más que leer a los teólogos que describen los aquelarres para descubrir brujas que se dedican a cocinar y comerse a niños pequeños... Como se querían quemar brujos, hacía falta que hubiera crímenes; se les atribuían las ideas más horribles y se les hacía confesarlas valiéndose de los amables métodos de la tortura.

CAPÍTULO X

DE LOS LÉMURES.— DE LAS LAMIAS.— GELLO, GILO, EURÍNOME.— DE LAS ESTRIGES.

Los antiguos daban a las almas de los malvados y de aquellos que morían de muerte violenta el nombre de lémures[51];

---

[51] El Diccionario de la Real Academia Española da, como segunda acepción de «lémures», 'fantasmas, sombras, duendes'; y, como tercera, 'genios tenidos generalmente por maléficos entre los antiguos romanos y los etruscos'. La primera acepción es la de los primates de Madagascar; Linneo les dio ese nombre en 1758 a ellos y a los loris por sus hábitos nocturnos y movimientos sigilosos, que, como lector de Virgilio y Ovidio, le recordaron a aquellos seres.

aquellos lémures eran verdaderos vampiros. Se lee, en Apuleyo y en Ovidio, que aquellos espectros no se aparecían sino para amenazar, aterrar y atormentar a los vivos.

Los romanos les tenían tanto pavor a los lémures que instituyeron ceremonias religiosas para apaciguarlos. Llamaron a aquellas celebraciones «lemurias». El padre de familia se levantaba a medianoche, mientras toda su casa estaba dormida; iba descalzo, con gran sigilo y lleno de sacro pánico a una fuente, hacía algo de ruido crujiéndose los dedos para ahuyentar a los manes. Tras lavarse tres veces las manos, regresaba echando grandes alubias negras por encima de su cabeza y diciendo: «Nos redimo, a mí y a los míos, mediante estas alubias». Lo repetía nueve veces sin mirar tras de sí. Se creía que el espectro que lo seguía iba recogiendo aquellas alubias sin ser visto; tomaba agua una segunda vez, tañía una vasija de latón y rogaba nueve veces a la sombra que saliera de su casa; tras lo cual volvía a su cama[52].

Además de los lémures, los antiguos temían también otros espectros o espíritus maléficos, a los que llamaban lamias. Juan Wiero[53], en su libro sobre las lamias da este nombre a las brujas y hechiceras; pero lo que los griegos entendían por lamias eran unos espectros horrendos que moraban en los desiertos y tenían semblante de mujer con cabezas de dragón en los pies. Dion Crisóstomo dice que las lamias abundaban en Libia; que mostraban sus pechos a los hombres para atraerlos, y que *devoraban* a aquellos que cometían la imprudencia de acercarse a ellas. Filóstrato, en la *Vida de Apolonio de Tiana*, habla de una lamia que yacía con los hombres para comérselos.

Las lamias se deleitaban ante todo con la sangre de niños pequeños, a los que succionaban hasta hacerlos morir. Del Río cita

---

52 Este pasaje viene de Dom Calmet (*ibidem*: 111).
53 Johann Weyer (1515-1588): médico neerlandés.

dos espectros o lamias; la primera, llamada Gello, que vagaba por la isla de Lesbos y raptaba niños recién nacidos para devorarlos. Gilo, la segunda, perpetraba las mismas fechorías. Nicéforo asegura que un día raptó al pequeño Mauricio (más tarde emperador), aunque no se lo pudo comer porque portaba amuletos.

Podemos citar también al hilo de las lamias al espectro o demonio Eurínome, que se comía los cuerpos de los muertos y no dejaba más que los huesos.

Entre los orientales, las lamias van a los cementerios a desenterrar los cadáveres y se dan grandes festines con ellos. Entre persas, estos vampiros se llaman *algolas*[54].

---

54 Vicente Blasco Ibáñez usa *ghul* para el masculino y *ghula* para el femenino en su versión de *Las mil y una noches* (c. 1916). Sin embargo, preferimos seguir al literato y traductor Rafael Cansinos Assens (1882-1964), que en su traducción directa (la de Blasco Ibáñez es a partir de la versión francesa) del *Libro de las mil y una noches* (1961) emplea *algol* para el masculino y *algola* para el femenino.

Encontramos en los teólogos de la antigüedad varios monstruos del mismo género, que devoraban los cuerpos muertos cuando los vivos se les escapaban.

Todos aquellos cuentos eran útiles; asustaban al crédulo vulgo. Amenazando a nuestros padres con demonios y espectros que se comían el seno de las mujeres y sorbían la sangre de los maridos fue como se logró, en tiempos de Carlomagno, instaurar el diezmo en Francia. Se atribuían aquellas amenazas al mismísimo Jesucristo, que había escrito una carta adrede a los franceses para ello.

Llegamos a las estriges. Éstas eran viejas lamias entre los antiguos[55]. Entre nuestros

---

55 Véase, p. ej.: Ovidio, *Fastos*, libro vi; Plinio, libro ii. Isaías (34:14), augurando la ruina de Babilonia, dice así en la Vulgata de San Jerónimo: «*Ibi invenient dæmonia et lupus requiescet ibi, et requiem inveniet strix et ibi pascetur*»: 'Allí hallarán demonios y el lobo reposará allí, y hallarán allí a la estrige reposando y paciendo'. Donde el latín dice *estrige*, la versión original en hebreo usa el vocablo לִילִית, esto es, Lilit, que

antepasados, eran brujas o espectros que se comían a los vivos. Incluso hay en la ley sálica un artículo contra estos monstruos. «Si una estrige se ha comido a un hombre y resulta convicta de ello, pagará una multa de ocho mil denarios, que equivalen a doscientos sueldos de oro». Parece ser que las estriges eran comunes en el siglo v, puesto que otro artículo de la misma ley condena a ciento ochenta y siete sueldos y medio a quien llame a una mujer libre *estrige* o *prostituta*.

Como a dichas estriges se las podía sancionar con multas, hubo quien creyó que aquel nombre debía darse en exclusiva a hechiceras. Pero en aquellos tiempos se sometía a las leyes tanto a los espectros y fantasmas como a los seres aún vivos: las

---

el Talmud caracteriza más tarde como súcubo y que, más recientemente, se ha relacionado con los vampiros. En algunas obras de ficción modernas, por ejemplo en la célebre serie *True Blood*, es presentada incluso como madre ancestral de todos ellos.

capitulares de Carlomagno y Ludovico Pío imponen graves penas a los fantasmas en llamas que se aparecen por el aire, cuando aquellas apariciones lumínicas no eran sino auroras boreales.

El propio Carlomagno, en las capitulares que redactó para los sajones, súbditos de su conquista, condena a pena de muerte (más razonablemente) a quienes quemen a hombres o mujeres acusados de ser *estriges*. El texto emplea los vocablos *stryga vel masca*; y sabemos que el último término significa, al igual que *larva*, un espectro, un fantasma.

Puede observarse en este pasaje de las capitulares[56] que entre los sajones era creencia generalizada que hubiera brujas y espectros que se comieran o succionaran a hombres vivos; que los quemaban; y que, para protegerse de ahí en adelante de su voracidad, se comían la carne de aquellas

---

56 *Capitul. Caroli Mag. pro partibus Saxoniæ*, cap. VI.

estriges o vampiros. Veremos algo muy similar en el tratamiento del vampirismo en el siglo xviii.

Por último, lo que debe corroborar más si cabe que las lamias o estriges de los antiguos eran propiamente vampiros es que entre los rusos y en algunos parajes de la Grecia moderna, donde el vampirismo ha causado estragos, se sigue dando el nombre de estriges a los vampiros.

CAPÍTULO XI

HISTORIA DEL VAMPIRO POLÍCRITO.

Un ciudadano de Etolia, llamado Polícrito, fue elegido por el pueblo para gobernar el país, por su honradez y talento. Mientras desempeñaba su cargo, se casó con una dama de la Lócrida, con quien albergaba la esperanza de ser feliz; pero Polícrito murió a la cuarta noche de sus nupcias, dejando a su mujer embarazada de un hermafrodita, al que dio a luz al cabo de nueve meses.

Se había consultado con sacerdotes y augures acerca de aquel prodigio y éstos conjeturaron que los etolios y los locrios guerrearían entre sí porque aquel monstruo tenía ambas naturalezas. Se decidió que para prevenir aquellos males se desterraría a madre e hijo fuera de los límites de Etolia y se quemaría a ambos.

Habida cuenta de tan sabia decisión los sacrificadores y las víctimas se pusieron en marcha, acompañados de gran multitud de gentes. Pero cuando estaban a punto de llevar a cabo la ejecución, se les apareció en la hoguera el *espectro* de Polícrito, que se situó junto a su hijo; aquel espectro iba vestido con túnica negra. Los espectadores, empavorecidos, quisieron huir; el espectro los llamó, los invitó a no temer por nada, y, acto seguido, con voz sibilante y grave dio un discurso advirtiendo a sus compatriotas de que si quemaban a la mujer y a su hijo padecerían extremas calamidades.

Pero viendo que a pesar de sus admoniciones los etolios seguían dispuestos a hacer lo que habían resuelto, el espectro tomó a su hijo y, vivo como estaba, lo hizo pedazos y lo *devoró*. El pueblo profirió abucheos de horror contra él, y le arrojó piedras para ahuyentarlo. Hizo poco caso de aquellos insultos, burló las pedradas y siguió comiéndose a su hijo, del que sólo dejó la cabeza. Después de aquello, el vampiro desapareció.

Aquel prodigio pareció tan espantoso que quisieron ir a consultar con el oráculo de Delfos, cuando la cabeza del niño, echando a hablar, predijo en verso todos los males que ahora se cernían sobre los etolios.

Este cuento de ogros aparece también en los fragmentos de Flegón, liberto del emperador Adriano. Si hubiéramos dispuesto para esta obra de mayor espacio, podríamos citar aún otras fábulas del mismo género; pero todo cuanto hemos dicho bastará ya sin duda para probar que los vampiros no les eran desconocidos a los antiguos, y que lo único que hemos hecho es irlos perfeccionando.

SEGUNDA PARTE.
VAMPIROS MÁS RECIENTES

CAPÍTULO I

*DE LOS EXCOMULGADOS
A QUIENES LA TIERRA
EXPULSA DE SU SENO.— DE
LOS MUERTOS QUE HAN
MOSTRADO SENSORIALIDAD[57],
ETCÉTERA.*

---

[57] En 1820 tenía aún influencia la teoría aristotélica de las tres almas: (i) vegetales: alma vegetativa, funciones vitales básicas; (ii) animales: alma sensible que, además de ellas, tiene sensorialidad, movimiento y deseos; (iii) y alma racional: la de los humanos, que, además de ellas, tiene raciocinio, abstracción y moralidad. Jacques de Plancy nos dice tácitamente que si los relatos que refiere fueran verídicos, esos difuntos tendrían aún alma sensible, idea que entronca con la que ha expresado antes de regreso «en cuerpo y en alma».

Los griegos modernos están convencidos de que los excomulgados no pueden pudrirse, ni siquiera en tierra bendita, hasta que hayan recibido la absolución: arguyen además que la tierra expulsa de su seno esos cuerpos profanos. Como hay quien se ha basado en esa creencia, que es también la de nuestros teólogos, para argüir la posibilidad de las apariciones de vampiros, vamos a traer a colación algunos relatos que Dom Calmet cita en sus disertaciones.

En tiempos del patriarca Manuel o Máximo, que vivía en el siglo XV, el emperador turco de Constantinopla quiso saber si era verdad, como afirmaban los griegos, que los cuerpos que morían estando excomulgados no se corrompían. El patriarca hizo abrir el sepulcro de una mujer que había tenido trato ilícito con un arzobispo, y a la que otro prelado había excomulgado. Hallaron su cuerpo negro y muy hinchado. Los turcos la encerraron en un baúl, bajo sello del sultán; el patriarca rezó su plegaria, absolvió a la muerta y al cabo de tres días abrieron el baúl, donde encontraron el cuerpo reducido a cenizas. Es verdad que no hay milagro en ello; ya que es consabido que los cuerpos que se sacan enteros de las tumbas se convierten en polvo en cuanto quedan expuestos al aire.

En el segundo concilio de Limoges, celebrado en 1031, el obispo de Cahors cuenta una aventura que le era grata y que presentó como si fuera muy novedosa:

«Habían matado a un caballero de nuestra diócesis —dijo aquel prelado—, que estaba excomulgado, conque no quise yo ceder a los ruegos de sus amigos, que me suplicaban encarecidamente que lo absolviera: quería dar ejemplo, para que los demás se quedaran asustados; pero fue enterrado por unos nobles, sin ceremonia eclesiástica, sin consentimiento ni presencia de clérigos, en una iglesia consagrada a San Pedro.

«A la mañana siguiente encontraron su cuerpo exhumado y arrojado desnudo lejos de su sepulcro, que estaba intacto, y sin marca alguna que probara que lo hubieran tocado. Los nobles que lo habían enterrado sólo hallaron en él las mortajas en que lo habían envuelto; así pues, lo enterraron una segunda vez, y cubrieron la fosa con una enorme cantidad de tierra y de piedras.

«Al otro día volvieron a encontrar de nuevo el cuerpo fuera del sepulcro *sin que pareciera* que hubieran trabajado en él. Lo mismo sucedió hasta cinco veces; finalmente, lo enterraron, como pudieron, lejos del cementerio, en una tierra profana; lo que llenó a los terratenientes aledaños de un terror tan grande que acudieron todos a pedirme que le diera la paz»[58].

¿Acaso no es éste, como dice Dom Calmet, un hecho irrefutable? El siguiente no es menos digno de fe. Juan Brompton cuenta

---

58 *Concil.*, t. IX, p. 902. Para que un culpable pueda ser absuelto —dice aquí Collin de Plancy—, es necesaria su contrición. ¿Cómo podía entonces un clérigo absolver por su propia voluntad a un muerto, *incapaz de arrepentirse*?

en su crónica, y los bolandistas del 26 de mayo, que San Agustín, apóstol de Inglaterra, tras dar un sermón sobre la necesidad de pagar el diezmo, exclamó acto seguido ante todo el mundo, antes de empezar la misa: «¡Que ningún excomulgado asista al santo sacrificio!». Al instante vieron salir de la iglesia un muerto que llevaba ciento cincuenta años enterrado.

Tras la misa, San Agustín, precedido de la cruz, fue a preguntar a aquel muerto por qué había salido. El difunto le respondió que había muerto antiguamente, excomulgado. El santo rogó al instante al pobre excomulgado que le dijera dónde estaba enterrado el clérigo que había dictado la sentencia de excomunión en su contra. Se trasladaron allí. San Agustín ordenó al clérigo que se levantara: volvió a la vida, y declaró que había excomulgado a aquel hombre principalmente por su obstinación en negarse a pagar el diezmo. Tras ello, a ruegos de San Agustín, le dio la absolución, y ambos muertos volvieron a sus sepulcros⁵⁹.

Podríamos, empero, objetar algunas modestas observaciones a esa milagrosa historia. En tiempos de San Agustín, *apóstol de Inglaterra*, los ingleses no pagaban el diezmo ni eran excomulgados. Ciento cincuenta años antes, lejos de diezmos y excomuniones, no había en aquel país ni cristianos, ni clérigos, ni iglesias, ni idea alguna de todo el trasfondo del cuento de Juan Brompton. Pero pasemos a otros.

Platón y Demócrito dicen (y los hebreos eran de la misma opinión) que las almas permanecen cierto tiempo cerca de sus cuerpos muertos, de cuya corrupción aquéllas los preservan a veces y en los que hacen que crezcan cabellos, barba y uñas dentro

---

59 Este relato aparece también en la *Tarifa de los emolumentos eventuales de la tienda del Papa*, de Juan XXII, publicada por León X, con traducción en castellano de 1822; también en la obra de Dom Calmet (*ibidem*) y en la del abad Simonnet (*ibidem,* entrada «milagros»).

del sepulcro, facultad que se ha atribuido a los vampiros del último siglo.

Los primeros cristianos pensaban así mismo que los muertos salían respetuosamente de sus sepulcros para dejar hueco a difuntos más dignos a los que se acababa de enterrar junto a ellos. El cuerpo de San Juan Limosnero, muerto en Amatunte, en la isla de Chipre, fue puesto entre los de dos obispos, muertos desde hacía algunos años, que se echaron a uno y otro lado con reverencia, para cederle el lugar de honor.

Para cuando muriera, la tierna Eloísa había pedido que la enterraran en el mismo sepulcro que a su amante, Abelardo. Éste, que llevaba muerto más de veinte años, extendió los brazos al llegar ella, y la acogió en su regazo.

La Iglesia romana creyó muy antiguamente que los cuerpos de los santos no se corrompían en sus sepulcros: por eso mismo se espera cien años para canonizar a un hombre muerto, porque si un cuerpo no se ha podrido al cabo de un siglo, existe el convencimiento de que pertenece a un bienaventurado. Los griegos son de la misma idea; pero arguyen que los cuerpos santos desprenden buen olor, mientras que los de los excomulgados se quedan negros, apestosos, hinchados y rígidos como la piel de un tambor.

San Libencio, arzobispo de Bremen en el siglo XI, excomulgó a unos piratas: *uno de ellos murió*, y el otro fue enterrado en Noruega. Al cabo de setenta años se encontró su cuerpo sin putrefacción, pero negro y hediondo. Un obispo le dio la absolución, y fue entonces cuando pudo pudrirse en paz.

CAPÍTULO II

DE LOS BRUCOLACOS, O VAMPIROS EXCOMULGADOS.— HISTORIA DE UN VAMPIRO DE CANDÍA.— OTRO VAMPIRO DE IGUAL SINO EN INGLATERRA.— DE LOS MUERTOS QUE MASTICAN EN SUS SEPULCROS, ETCÉTERA.

Los griegos creían también que los cuerpos de los excomulgados se aparecen a menudo a los vivos, tanto en pleno día como en noche cerrada; que hablan y atormentan; y que su presencia es peligrosa. León

Alacio, que escribía en el siglo XVI, entra en materia con gran detalle: asegura que en la isla de Quíos, los habitantes sólo responden cuando se los llama dos veces; pues están convencidos de que los *brucolacos* (así es como denominan a sus vampiros o espectros excomulgados) sólo pueden llamarlos una sola vez. Creen además que cuando un brucolaco llama a una persona viva, si ésta responde, el espectro o vampiro desaparece; pero quien responde, muere al cabo de unos días. Se cuenta la misma cosa de los vampiros de Bohemia, de Moravia, etcétera.

Para resguardarse de la funesta influencia de los brucolacos los griegos desentierran el cuerpo del espectro y lo queman tras recitar en su presencia ciertas plegarias. Entonces aquel cuerpo, reducido a cenizas, no se aparece más.

Ricaut, que viajó al Levante en el siglo XVII, añade[60] que el miedo a los bruco-

---

60 Paul Ricaut (1628-1700): diplomático, historiador y traductor inglés. El fragmento que cita

lacos es común tanto a los turcos como a los griegos. Cuenta un hecho que le había relatado, bajo juramento, un monje candiota. Un hombre que había muerto en la isla de Milos, excomulgado por un pecado que había cometido en la Morea, fue enterrado sin ceremonias en un lugar apartado, y no en tierra consagrada. Pronto los habitantes empavorecieron por horribles apariciones, que atribuían a aquel desdichado: abrieron su sepulcro al cabo de unos años; hallaron su cuerpo hinchado, pero sano y lustroso; sus venas estaban henchidas de la sangre que había bebido: se percataron entonces de que era un brucolaco o vampiro. Cuando hubieron deliberado qué hacer, los monjes fueron de la opinión de que había que desmembrar el cuerpo, descuartizarlo y hervirlo en vino; pues así acostumbran a hacer desde tiempos antiquísimos con los cuerpos de los vampiros.

Collin de Plancy es de la obra *The history of the present state of the Ottoman Empire* (1668), cap. XIII; no consta traducción en español.

Los parientes del muerto, empero, consiguieron a fuerza de súplicas que postergaran aquella ejecución; y, mientras, enviaron una diligencia a Constantinopla para recabar del patriarca la absolución que le era menester al difunto. Hasta entonces el cuerpo fue introducido en la iglesia, donde todos los días se rezaban plegarias por su descanso. Una mañana que el monje del que hemos hablado oficiaba el divino servicio, se oyó de repente una especie de detonación en el ataúd: lo abrieron; y encontraron que el cuerpo se había disuelto, como debe estarlo el de un muerto enterrado hacía siete años. Observaron el momento en que el ruido se había oído; era exactamente la hora en que la absolución concedida por el patriarca se había firmado.

Griegos y turcos creen además que los cadáveres de los brucolacos comen durante la noche, vagan, digieren lo que han comido y se alimentan de verdad. Cuentan que desenterrando tales vampiros han encontrado algunos que eran de tez escarlata, y cuyas venas estaban tersas por la cantidad de sangre que habían bebido; que, cuando les abren el cuerpo, esos espectros derraman ríos de sangre, tan caliente, palpitante y fresca como lo estaría la de un joven de temperamento sanguíneo. Esa creencia popular está tan arraigada que todo el mundo cuenta historias de este jaez pormenorizadamente.

La costumbre de quemar cuerpos de vampiros es antiquísima en varios otros países, como ya nos habremos percatado. Guillermo de Newbury, que vivió en el siglo XII, cuenta[61] que en sus tiempos vieron en Inglaterra, en el territorio de Buckingham, un espectro que se aparecía en cuerpo y en alma, y que acudió varias noches seguidas a atemorizar a su mujer y sus padres. No era posible defenderse de su maldad sino haciendo estrépito cuando

---

61 *Wilhelmi Neubrig. Rerum anglic.*, lib. v, cap. XXII.

se acercaba. Incluso llegó a mostrarse a ciertas personas en pleno día. El obispo de Lincoln reunió acerca de este asunto a su consejo, que le dijo que semejantes cosas habían sucedido a menudo en Inglaterra, y que el único remedio conocido a dicho mal era quemar el cuerpo del espectro.

El obispo no pudo dar por buena aquella opinión, que le pareció cruel: escribió una cédula de absolución, que se puso sobre el cuerpo del difunto, que fue encontrado tan fresco como el día de su entierro; y desde entonces el fantasma no se apareció más. El mismo autor añade que las apariciones de este género eran muy frecuentes por entonces en Inglaterra.

En cuanto a la idea, extendida en el Levante, de que los espectros se alimentan, está también establecida desde hace varios siglos en otras tierras. Hace mucho que los alemanes tienen el convencimiento de que los muertos mastican *como cerdos* en sus sepulcros y que resulta fácil oírlos gruñir al triturar lo que devoran[62]. Philip Rohr en el siglo XVII, y Michaël Ranft, a comienzos del XVIII, publicaron incluso tratados sobre cómo comen los muertos en sus sepulcros[63].

Luego de hablar del convencimiento de los alemanes en la existencia de muertos que devoran mortajas y cuanto está a su alcance, incluso su propia carne, estos escritores observan que en ciertos lugares de Alemania, para impedir que los muertos

---

[62] Los antiguos también creían —dice aquí Collin de Plancy— que los muertos comían. No sé —añade— si los oían masticar; pero es cierto que de la idea de que los muertos conservaban la facultad de comer viene la costumbre de los banquetes fúnebres, que se venían sirviendo, desde tiempos inmemoriales y en todos los pueblos, sobre la tumba del difunto. En sus orígenes, los sacerdotes celebraban aquel festín por la noche, lo que reforzaba esa creencia; pues quienes en verdad se comían el festín no alardeaban de ello. Entre los pueblos algo civilizados, los propios parientes ingerían los alimentos funerarios.

[63] *Dissertatio historico-philosophica de masticatione mortuorum* (1679), de Philip Rohr; y *De masticatione mortuorum in tumulis* (1725), de Michaël Ranft.

mastiquen, se les pone dentro del ataúd un terrón de tierra bajo la barbilla; que en otras partes se les introduce en la boca una pequeña moneda de plata y una piedra, y que otros les atan fuerte la garganta con un pañuelo.

A continuación citan varios muertos que han devorado su propia carne en sus sepulcros. Es asombroso que tales sabios consideren prodigios hechos tan naturales. Durante la noche que siguió al funeral del conde Enrique de Salm se oyeron, en la iglesia de la abadía de Alta Silva, donde estaba enterrado, unos gritos sordos, que los alemanes habrían tomado sin duda por el gruñido de una persona masticando; y al otro día, tras abrir el sepulcro del conde, lo encontraron muerto, pero invertido y boca abajo, en vez de tumbado de espaldas, que era como lo habían inhumado. Lo habían enterrado vivo.

A causa semejante debe atribuirse la historia relatada por Ranft de una mujer de

Bohemia que, en 1345, se comió en su fosa la mitad de su mortaja sepulcral.

El siglo pasado, después de inhumar prematuramente a un pobre hombre en el cementerio, se oyó ruido de noche en su sepulcro: lo abrieron al día siguiente y vieron que se había comido la carne de sus propios brazos. Aquel hombre, que había bebido aguardiente en demasía, había sido enterrado en vida.

A una damisela de Augsburgo, que había quedado sumida en un letargo, se la creyó muerta, y su cuerpo fue introducido en una cripta profunda, sin ser cubierta de tierra. Al poco se oyó algún ruido en su sepultura; pero no le prestaron atención. Dos o tres años más tarde, alguien de la misma familia murió: abrieron la cripta y encontraron el cuerpo de la damisela cerca de la lápida que cerraba la entrada. Había intentado en vano mover aquella losa, y no le quedaban dedos en la mano derecha, que se había roído de desesperación.

CAPÍTULO III

DEL VAMPIRISMO ENTRE LOS ÁRABES.— HISTORIA DE UNA VAMPIRESA DE BAGDAD.

Parece ser que la creencia en los vampiros, en las algolas, en las lamias, que son poco más o menos el mismo género de espectros, está extendida desde tiempos inmemoriales entre los árabes, los persas, en la Grecia moderna y en todo Oriente. *Las mil y una noches* y varios otros cuentos árabes versan sobre esta materia; y aún hoy día esta terrible superstición causa pavor en algunas tierras de la Grecia moderna y de Arabia.

Se citan *historias* de este género que se remontan al siglo x, e incluso hasta el reinado del célebre Harún al-Rashid[64]. Huelga decir que esas *historias* son cuentos o, mejor dicho, poemas románticos.

No abrumaremos al lector recordándole de dicho género lo que ya ha podido leer en otras partes; pero sí vamos a relatar una aventura de algol o vampiresa, muy recientemente traducida por un joven sabio muy versado en lenguas orientales: creemos que el fragmento no es conocido. El estimable escritor que, sin permitirnos nombrarlo, nos ha concedido publicar aquí su trabajo, ha omitido las formas poéticas del original, porque tales giros (que sin embargo ciertos novelistas quieren poner de moda) resultan ridículos en la prosa de nuestra lengua.

---

[64] Harún al-Rashid (765-809): califa de la dinastía abasí de Bagdad, fundador de la Casa de la Sabiduría o Gran Biblioteca de Bagdad, donde se tradujeron al árabe textos de grandes matemáticos, astrónomos, médicos y filósofos persas, indios y griegos.

HISTORIA DE UNA VAMPIRESA

«En un arrabal de Bagdad vivía, a comienzos del siglo xv, un viejo mercader que había amasado una fortuna considerable, y que no tenía más heredero de sus grandes bienes que un hijo al que amaba con ternura. Se había resuelto a darle por esposa la hija de uno de sus compañeros de oficio, mercader como él, y con quien había entablado trato de amistad en sus frecuentes viajes.

«La joven era muy rica, aunque a la vez harto fea; y el amable Abul Hasán, que así se llamaba el joven, a quien se mostró el retrato de aquélla que le apalabraban como esposa, pidió más tiempo para decidirse a contraer aquel matrimonio.

«Una noche que iba paseando solo, bajo la suave claridad de la luna, por los campos aledaños a Bagdad, oyó una voz melodiosa, que estaba cantando versículos del Corán acompañándose de una guitarra.

Cruzó raudo el bosquecillo que le ocultaba a la joven cantora, y se encontró al pie de una casa campestre, donde, en un balcón ensombrecido por hierbas colgantes, vio a una mujer más seductora que las huríes.

«El joven no osó hacerse notar sino por signos de respeto y de amor; y cuando la ventana se cerró, regresó muy tarde a la casa paterna sin saber siquiera si había sido visto.

«A la mañana siguiente, tras el rezo del amanecer, regresó al lugar donde había discernido a la encantadora joven por la que ardía ya de un amor insuperable. Hizo mil averiguaciones, y supo, no sin esfuerzo, que su hermosa joven tenía diecisiete años; que no estaba casada; que era hija de un sabio que no tenía oro que darle, pero que la había instruido en todas las ciencias más sublimes: aquellas noticias acabaron de enardecerlo.

«Desde entonces el matrimonio que había ideado su padre se hizo imposible. Fue a ver al anciano, y le dijo: "Padre, sabéis que hasta ahora no he hecho más que obedeceros: hoy oso suplicaros que me concedáis la esposa que yo elija". Entonces expuso su repugnancia por la mujer que le proponían, y su amor por la cautivadora desconocida.

«El anciano hizo ciertas objeciones; pero, viendo que su hijo era arrastrado por un hado irresistible, no puso más obstáculos a su felicidad; fue a ver al viejo sabio, y le pidió a su hija. Los dos enamorados se vieron; se adoraron, y contrajeron nupcias.

«Para describir la felicidad del joven matrimonio, habría que sentirla. Al cabo de tres meses, transcurridos en la ebriedad de los placeres más tiernos, Abul Hasán se despertó en plena noche y se dio cuenta de que su joven esposa había abandonado el lecho conyugal. De primero, creyó que algún accidente imprevisto o alguna indisposición súbita habría causado aquella ausencia: resolvió aun así esperar; pero Nadila, así se llamaba la joven, no regresó hasta una hora antes del amanecer. Abul Hasán, que empezaba a impacientarse al percatarse de que regresaba con semblante extraviado y paso misterioso, fingió que dormía, y no manifestó en modo alguno sus inquietudes, bien resuelto a esclarecerlas algo más tarde.

«Nadila no le habló en absoluto de su ausencia nocturna; y la noche siguiente, tras las caricias más tiernas, se escapó con suavidad de los brazos de su esposo, al que creía dormido, y salió según su costumbre.

«Abul Hasán se vistió aprisa; la siguió de lejos, dando no pocas vueltas. Vio que entraba en un cementerio; él también entró. Nadila se sumergió en una gran cripta, alumbrada por tres lámparas fúnebres. ¡Cuál no sería la sorpresa de Abul Hasán cuando vio a su joven y bella esposa, a la que con tanta ternura quería, rodeada de varias algolas[65], que se congregaban allí cada noche, para sus horrendos festines!

---

[65] Mujeres que, como las lamias, se comen a los muertos en los cementerios.

«Se había dado cuenta desde sus nupcias de que su mujer nunca cenaba nada; pero no había extraído de aquella observación ninguna conclusión alarmante.

«Acto seguido vio a una de aquellas algolas trayendo un cadáver aún fresco, en torno al cual todas las demás se ordenaron. Se le ocurrió la idea de mostrarse, disipar a aquellas horrendas brujas; pero no habría salido victorioso: se decidió a tragarse su indignación.

«Las algolas cortaron el cadáver en pedazos y se lo comieron entonando cánticos infernales. Luego enterraron los huesos y se separaron después de besarse.

«Abul Hasán, que no quería ser visto, se apresuró a volver a su cama, donde fingió que dormía hasta el amanecer.

«En todo el día no manifestó nada de lo que había visto; pero, al anochecer, animó a su joven esposa a tomar su parte de una cena ligera. Nadila se excusó según su costumbre; él insistió reiteradamente, y por fin exclamó con cólera: "¡Prefieres salir a cenar con las algolas!".

«Nadila se quedó callada, palideció, tembló de furor, y fue en silencio a meterse en la cama con su esposo.

«En plena noche, cuando lo creyó sumido en un profundo sueño, le dijo con voz sombría: "Toma, expía tu curiosidad sacrílega".

«Mientras, se puso de rodillas sobre su pecho, lo agarró de la garganta, le abrió una vena y se dispuso a beber de su sangre. Todo aquello fue cosa de un instante.

«El joven, que no estaba dormido, se escapó con violencia de los brazos de la furia, y le asestó una puñalada, que la dejó moribunda a su lado.

«Aprisa pidió socorro: le vendaron la herida que tenía en la garganta, y al día siguiente enterraron a la joven algola.

«Tres días después, en plena noche, la algola se le apareció a su esposo, se abalanzó sobre él y se propuso ahogarlo de nuevo. Abul Hasán tenía un puñal en la mano, que de nada le valió; sólo huyendo a toda prisa pudo salvarse.

«Mandó abrir el sepulcro de Nadila, a quien encontraron como viva, y que parecía respirar en su ataúd. Fueron a la casa del sabio que decía ser el padre de aquella desdichada. Confesó que su hija, casada dos años antes con un oficial del califa y después de entregarse a los libertinajes más infames, había sido matada por su marido; pero que había reencontrado la vida en su sepulcro; que había regresado a casa de su padre; en suma, que era una vampiresa. Exhumaron el cuerpo; lo quemaron en una hoguera de fragante sándalo; arrojaron sus cenizas en el Tigris; y Arabia se libró de un monstruo...».

Se nota a la legua que también esta historia no es más que un cuento; pero puede dar una idea de las creencias de los árabes. En *Cuentos orientales* de Caylus[66] apa-

---

[66] Anne Claude Philippe de Caylus (1692-1765), más conocido como conde de Caylus: anticuario, precursor de la arqueología y literato

rece una especie de vampiro que no puede conservar su odiosa vida más que devorando de vez en cuando el corazón de un joven. Podría citarse un sinfín de relatos del mismo estilo en cuentos traducidos del árabe: éstos prueban que las horribles ideas del vampirismo son antiquísimas en Arabia.

---

francés; autor, entre otras obras, de *Les nouveaux contes orientaux* (1743); no nos consta traducción de esta obra en español.

CAPÍTULO IV

HISTORIA DE UN VAMPIRO AL QUE ATRAVESARON DE UNA LANZADA.— DE CIERTOS ESPÍRITUS O ESPECTROS IGUALMENTE VULNERABLES.

Thomas Bartholin, que escribía en el siglo XVII, cuenta, citando a una antigua hechicera llamada Landela, cuya obra no llegó a imprimirse nunca, un relato que debe de ser del siglo XIII o el XIV.

Un hombre, que se llamaba Harppe, en el último suspiro antes de morir, ordenó a su mujer que lo enterraran justo delante de la puerta de su cocina, para no perder del todo el olor de los guisos que tanto le gustaba y para poder ver a gusto lo que sucediera en su casa. La viuda cumplió dócil y fielmente lo que su marido le había mandado. Pero algunas semanas después de la muerte de Harppe se lo vio aparecerse a menudo con el semblante de un horrendo fantasma, que mataba a los obreros, y que hostigaba tanto al vecindario que nadie osaba ya vivir en la aldea.

Sin embargo, un campesino llamado Olaüs Pa fue lo bastante audaz como para arremeter contra el vampiro: le asestó una fuerte lanzada, y dejó la lanza en la herida.

El espectro desapareció, y al otro día Olaüs hizo abrir el sepulcro del muerto; encontró su lanza dentro del cuerpo de Harppe, en el mismo sitio por donde había lanceado al fantasma. El cadáver estaba incorrupto. Lo extrajeron de la tierra, lo quemaron, arrojaron sus cenizas al mar; y se libraron de sus funestas apariciones[67].

«Así pues, el cuerpo de Harppe —dice aquí Dom Calmet—, había salido realmente de la tierra cuando se aparecía. Aquel cuerpo debía de ser palpable y vulnerable, puesto que encontraron la lanza en la herida. ¿Cómo había salido del sepulcro, y cómo volvió a entrar en él? Ése es el quid del asunto; pues que encontraran la lanza y la herida en su cuerpo no debe de resultar sorprendente, ya que se asegura que los brujos que se metamorfosean en perros, en hombres lobo, en gatos, etcétera, llevan en sus cuerpos humanos las heridas que hayan recibido en las mismas partes del cuerpo que han habitado, y con el que se aparecen».

Dom Calmet habría podido recurrir a varias buenas historias que prueban que los espíritus no necesitan tomar prestado

---

[67] Thomas Bartholin: *De causa contemptus mortis*, libro II, cap. II.

un cuerpo para recibir las heridas que se les asestan. Una sor del monasterio de Hoven discernió al diablo en el dormitorio de las monjas; le asestó un manotazo en la mejilla tan bien dado que el diablo salió huyendo.

Una noche en que San Lope quería beber, el diablo se echó en su copa, creyendo que entraría sin obstáculo en el cuerpo del santo; pero Lope reconoció al enemigo, tomó su almohada, tapó el vaso con ella y tuvo al diablo encerrado hasta la mañana siguiente.

Otro hombre, que tenía mucho poder sobre los espíritus, encerró a doce de ellos en un tarro de mantequilla. Parece ser que aquellos espíritus eran materiales, pues no pudieron evaporarse.

Un demonio fue un día a ofrecer sus servicios a San Antonio: por toda respuesta, San Antonio le escupió en la cara. Era menester que aquel demonio tuviera cara.

Un espíritu fue a ver a Santa Juliana adonde estaba encarcelada, y le aconsejó acostarse con su marido y no morir. Juliana agarró al espíritu o demonio, le ató las manos detrás de la espalda, lo tumbó en el suelo, lo golpeó con rudeza a pesar de sus alaridos y acto seguido, atándole una cadena en el cuello, lo llevó culo a rastras por las calles de Nicomedia hasta un pozo de letrina adonde lo arrojó.

San Tristán agarró a otro demonio de la nariz con sus tenazas candentes del fuego.

Santo Domingo obligó a otro a sujetarle la vela mientras escribía; y como tuvo sujeto el cirio hasta que se consumió, por más espíritu que fuera, se le quemaron las cinco uñas, y, además, el santo le arreó una patada en el trasero.

Por último, el padre Taillepied cita a Plutarco que, «en los *Apotegmas de los lacedemonios*, habla de un hombre que ensartó a un espíritu con su jabalina, al pasar de noche por el cementerio. Pero al parecer —añade— era algún mendigo que quería hacerse pasar por espíritu»[68].

---

[68] Noël Taillepied (1540-1589): teólogo francés, autor de la obra *Psychologie, ou Traité*

de l'apparition des esprits, à scavoir des âmes séparées, fantosmes, prodiges et accidents merveilleux qui précèdent quelquefois la mort des grands personnages ou signifient changemens de la chose publique; no consta traducción en español. Collin de Plancy extrae la cita del capítulo VI.

CAPÍTULO V

HISTORIA PRODIGIOSA, ACAECIDA EN PARÍS EL 1 DE ENERO DE 1613, DE UN NOBLE AL QUE SE LE APARECIÓ EL DIABLO, CON QUIEN CONVERSÓ Y SE ACOSTÓ, QUE RESULTÓ SER EL CADÁVER DE UNA MUJER. EXTRACTO DE LA SEGUNDA EDICIÓN.— OTRAS ANÉCDOTAS DEL MISMO GÉNERO.

«El primer día de enero de 1613, durante esas lluvias que tanto tiempo nos atormentaron, un joven noble de París, al volver sobre las cuatro después de almorzar con alguna compañía con la que había pasado buena parte del día, se encontró, en la pequeña alameda de acceso a su puerta, con una joven damisela muy emperejilada, con apariencia de ser alguna cortesana, bien ataviada con un vestido de tafetán con aberturas, ornada de un collar de perlas, y de varias otras joyas hermosas y muy aparentes, que, como extrañada, y aun así risueña, se dirigió al noble, y le dijo: "Señor, aunque la inclemencia del tiempo no me permita quedarme a merced de la intemperie, aun así quisiera resguardarme de él sin causaros la menor incomodidad del mundo, ocupando aquí sin permiso alguno la entrada de vuestra vivienda, que si es cosa que pueda hacer sin descontento vuestro, os quedaré más obligada toda mi vida que ninguna de las que hayan tenido jamás el honor de ser vuestras más afectas sirvientas". El noble, considerando lo que la damisela podía ser, juzgando por su apariencia, y viendo la honestidad de que había hecho gala, creyó que era deber suyo hacer otro tanto, así de palabra como de obra, y por ello le dijo: "Damisela, me enoja sumamente haberme demorado tanto en mi llegada que no haya podido atestiguaros el favor que siempre he concedido a las damas, y principalmente a las de vuestra calidad; y, para dároslo a conocer, no os ofrezco sólo la vivienda, sino lo que de mí dependa y lo que creáis vos que esté en mi poder: y mientras tanto os suplicaré que os toméis la molestia de entrar, hasta que la lluvia haya amainado". La damisela le dijo: "Señor, jamás he merecido la oferta que me hacéis, y me acordaré de ella cuando la ocasión se presente; os rogaría simplemente permitáis que espere aquí a mi carroza, que he mandado a buscar por mi lacayo". "No —dijo el noble—; me obligaréis a venir a tomar una escueta colación a la espera de vuestra carroza; y, aunque no seáis recibida según vuestra condición y vuestro mérito, me esforzaré por daros lo que esté en mi deber".

«Por fin, luego de varias réplicas de una y otra parte, la damisela entró, y se encolerizó en extremo de que su lacayo no llegase. La jornada transcurrió sin que el lacayo tuviera piernas, ni la carroza ruedas con que acudir. En llegando la hora de la cena, el noble se esfuerza por tratarla lo mejor que puede, y cuando se acerca la hora de acostarse, la damisela le suplica que, ya que le ha hecho tanto honor cobijándola, le conceda también el favor de darle una cama para ella sola, puesto que no sería decoroso para una joven damisela admitir a nadie en su lecho; cosa que él otorgó fácilmente. Mientras que ella se iba desvistiendo, el noble le profirió algunos discursos amorosos, a los que le pareció que respondía ella con sabiduría; aquello lo conmovió; y, creyendo que conseguiría fácilmente lo que de ella deseaba, la deja acostarse; luego, impelido por la audacia que sólo al amor le corresponde darnos, tantea el vado, y acude a la cama de ella, fingiendo preguntarse si se encontraba bien o no; y poco a poco, discurriendo, le deslizó la mano por el pecho, cosa que ella toleró. A la postre, tras varios lances, obtuvo algunos besos con promesa de otra cosa. Henos ahí aquel pobre noble al que le cuesta no poco obtener aquello que se le querría haber concedido. Tras varios besos que encienden el fuego en su alma, tras una infinidad de ruegos, se le permite lo que desea. Al instante se acuesta, y goza largo rato de unos placeres que estima perfectos.

«Al llegar la mañana, se levanta; y temiendo que alguien viniera a verlo y que al ver a aquella damisela pensara algo al respecto, manda a su lacayo a despertarla, y ella le responde que no había dormido por la noche, y que le permitiera resarcirse esa mañana. El lacayo se lo relató a su señor, el cual, tras dar una pequeña vuelta por la ciudad, regresó con algunos de sus amigos y, antes de hacerles subir a sus aposentos, primero fue él solo para excusarse con la damisela si no había podido darle mejor trato. Abre las cortinas y, tras llamarla con apelativos amorosos, quiso tomarla del brazo; pero la sintió tan fría como un témpano de hielo, y sin pulso ni aliento ninguno: de lo cual, asustado, llama a su anfitrión; y en llegando varias personas, encontraron a la damisela rígida muerta; entonces llamaron a la justicia y a los médicos, los cuales concordaron todos en que era el cuerpo de una mujer que hacía algún tiempo había sido colgada[69]; y que acaso un espectro o un diablo se había revestido de su cuerpo para defraudar a ese pobre

---

69 Ciertas personas adujeron —dice Collin de Plancy— que cuando la damisela salió por voluntad propia o por la fuerza en ausencia del noble, el lacayo, que era devoto, acompañado de otras personas de la misma estofa, había puesto un cuerpo muerto en la cama de su señor para darle una lección de continencia. Si esta historia no es un cuento, esa suposición la explicaría. Se nota, además, que el narrador se ha adornado.

noble. Apenas hubieron proferido aquellas palabras cuando a la vista de todos se levantó en la cama una espesa y oscura humareda que duró cerca del lapso de un padrenuestro: una vez que aquel humo se fue disipando, vieron que la que estaba en la cama había desaparecido...

«Es con tales ejemplos como Dios advierte a quienes, dando rienda suelta a sus pasiones, se dejan conducir a toda clase de mujeres desconocidas, de las que no habíamos visto nunca tantas como hay en el presente...».

Guillermo de París cuenta también que un soldado que se había acostado con una hermosa joven se encontró al día siguiente a su vera un esqueleto apestoso.

San Hipólito veía a menudo a una hermosa mujer que lo amaba, que se presentaba desnuda ante él y que, muy a su pesar, lo apretaba contra su pecho y lo agasajaba con caricias. Hipólito, hastiado de aquellas impertinencias, como dice la leyenda, pasó su estola por el cuello de la mujer y la estranguló. Fue entonces cuando no encontró en sus brazos más que un cadáver pestilente, en el que se creyó reconocer el cuerpo de una mujer muerta hacía algunos años.

Un burgués de Lyon fue condenado a acostarse tres años con el espectro de su mujer, a quien había asesinado, y que todas las noches, horripilante y ensangrentada, regresaba para atormentarlo y castigarlo. La condesa de Genlis insertó este relato en su novela *Los caballeros del cisne*[70].

---

[70] Stéphanie Félicité du Crest (1746-1830), más conocida como condesa de Genlis: prolífica literata francesa. La obra citada tiene por título completo *Les chevaliers du Cygne, ou La cour de Charlemagne* (1795), libremente adaptada al español con el título *La invención del órgano o Abassa y Bermécides: novela histórica, traducida de un manuscrito francés por María Belloumini* (1835); además, es continuación de otra anterior, *Les veillées du château* (1784), que tiene diversas traducciones al español con el título *Las veladas de la quinta*.

CAPÍTULO VI

DE LOS VAMPIROS DE RUSIA Y DE POLONIA, Y DE LA MANERA COMO SE PROCEDÍA CONTRA ELLOS.

Los diarios públicos de Francia y Holanda hablan en 1693 y 1694 de los vampiros que se aparecían en Polonia y, más aún, en Rusia. Se ve en *Le Mercure galant*[71] de aquellos dos años que era una opinión muy extendida entre aquellos pueblos

---

[71] Revista francesa que, con algún cambio de nombre, de periodicidad y algunas interrupciones, se editó en Francia de 1672 a 1965.

que los vampiros se aparecían entre mediodía y medianoche; que succionaban la sangre de hombres y animales vivos con tanta avidez que a menudo se les salía por la boca, las fosas nasales y las orejas; y que algunas veces sus cadáveres yacían flotando en la sangre que inundaba sus ataúdes.

Decían que esos vampiros, por tener de continuo un apetito voraz, se comían también las mortajas que tenían alrededor: añadían que al salir de sus sepulcros acudían de noche a estrechar ferozmente entre sus brazos a sus parientes o amigos, a quienes chupaban la sangre, oprimiéndoles la garganta para impedirles que gritaran.

Quienes eran mordidos se quedaban tan extenuados que morían al muy poco tiempo. Aquella persecución no se detenía en una sola persona; se extendía hasta el último de la familia o la aldea (pues el vampirismo apenas se ha perpetrado en las ciudades), a menos que se interrumpiera su proceder cortando la cabeza o atravesando el corazón del vampiro, cuyo cadáver yacía blando, laxo, pero fresco, aunque muerto desde hacía muchísimo tiempo.

Como salía de aquellos cuerpos una gran cantidad de sangre, había quien la mezclaba con harina para hacer pan con ella: argüían que comiendo de aquel pan se protegían de las fechorías del vampiro.

CAPÍTULO VII

DE LOS VAMPIROS MORAVOS, ETCÉTERA.— HISTORIA DE UNA VAMPIRESA.— HISTORIA DEL CÉLEBRE VAMPIRO DE BLOV.— HISTORIA DEL VAMPIRO PETAR BLAGOJEVIĆ.

He aquí algunas historias más de vampiros que son anteriores al siglo XVIII. El señor de Vassimont, enviado a Moravia por el duque de Lorena, Leopoldo I, aseguraba, dice Dom Calmet, que los espectros de aquella clase se aparecían con frecuencia y desde hacía muchísimo tiempo entre los moravos, y que era bastante común en aquel país ver a hombres muertos desde hacía semanas presentarse en sociedad, sentarse a la mesa sin decir nada con personas que les eran conocidas y hacer un gesto con la cabeza a alguno de los presentes, que sin falta moría algunos días más tarde.

Un viejo cura confirmó aquel hecho al señor de Vassimont, y le citó él mismo varios casos que, decía, habían sucedido ante sus ojos. Los obispos y clérigos del país habían consultado con Roma acerca de aquellas embarazosas materias; pero la santa sede no dio respuesta alguna, porque le parecía que todo aquello eran ridículas visiones.

Desde entonces, se las ingeniaron para desenterrar los cuerpos de quienes se aparecían de tal guisa, quemarlos o destruirlos de alguna otra forma; y fue de aquel modo como se libraron de los vampiros, que se fueron haciendo de día en día menos frecuentes.

Sin embargo, aquellas apariciones dieron lugar a un opúsculo compuesto por Ferdinand Schertz, e impreso en Olomouc en 1706 con el título de *Magia posthuma*[72].

El autor cuenta que *en cierta aldea* una mujer que había muerto provista de todos sus sacramentos, fue enterrada en el cementerio de la manera ordinaria. Se colige que no estaba excomulgada. Cuatro días después de su óbito, los habitantes de la aldea oyeron un gran estruendo, y vieron a un espectro que se aparecía, unas veces con forma de perro, otras veces con la de humana, no solamente a una persona, sino a varias. Aquel espectro estrangulaba la garganta de aquellos contra quienes arremetía, les comprimía el estómago hasta ahogarlos, les rompía casi todo el cuerpo, y los

---

[72] El título completo de la obra es *Magia posthuma per iuridicum illud pro et contra suspenso nonnullibi iudicio investigata*, de Karl Ferdinand Schertz, y el ejemplar que custodia el Museo Arquidiocesano de Kroměříž, adscrito al Arzobispado de Olomouc, es de 1704.

reducía a una extrema debilidad; de forma tal que se los veía pálidos, delgados y extenuados. Ni los animales estaban a salvo de su malignidad; ataba las vacas unas a otras por la cola, hostigaba a los caballos y tanto atormentaba a rebaños de toda especie que no se oían sino mugidos y quejidos de dolor por todas partes. Aquellas calamidades duraron varios meses: sólo se libraron de ellas quemando el cuerpo de la vampiresa.

El autor de *Magia posthuma* cuenta otra anécdota más singular aún. Un pastor de la aldea de Blov, cerca de la ciudad de Kadaň, en Bohemia, se apareció algún tiempo después de su muerte con los síntomas que presagian el vampirismo. Aquel espectro llamaba por su nombre a ciertas personas, que infaliblemente morían al cabo de ocho días. Atormentaba a sus antiguos vecinos, y causaba tanto pavor que los campesinos de Blov desenterraron su cuerpo y lo volvieron a enterrar con una estaca clavada a través del corazón.

Aquel espectro, que hablaba aunque estuviera muerto, y que, habida cuenta de las circunstancias ni siquiera habría debido hacerlo ya, se burlaba aun así de quienes lo sometían a aquella terapia. «¡Qué amables sois —les decía abriendo su gran boca vampiresca— dándome un palo para que me defienda de los perros!». No hicieron caso de lo que pudiera decir y lo dejaron.

La noche siguiente rompió la estaca, se levantó de nuevo, aterrorizó a varias personas y ahogó a tantas como no lo había hecho hasta entonces. Se lo entregaron entonces al verdugo, que lo puso en una carreta para trasladarlo y quemarlo fuera de la ciudad. El cadáver removía pies y manos, ponía sus ardientes ojos en blanco y aullaba como una furia.

Cuando lo atravesaron de nuevo con estacas, dio grandes alaridos y chorreó una sangre muy escarlata; pero cuando lo hubieron quemado a conciencia, ya no se apareció más.

Lo mismo se acostumbraba a hacer en el siglo XVII, y sin duda antes, contra los muertos vivientes de este género; y, en varios lugares, cuando los desenterraban los encontraban semejantemente frescos y de rojo escarlata, con los miembros laxos y maleables, sin gusanos ni putrefacción, mas no sin un gran hedor.

El autor a quien acabamos de citar asegura que en su tiempo se solían ver vampiros por las montañas de Silesia y Moravia. Se aparecían tanto en pleno día como en noche cerrada; y se distinguían moverse y cambiar de sitio las cosas que les habían pertenecido sin que nadie pareciera tocarlas. El único remedio contra aquellas apariciones era cortar la cabeza y quemar el cuerpo del vampiro.

Michaël Ranft, de quien ya hemos hablado, cuenta que un campesino llamado Petar Blagojević, enterrado desde hacía unas diez semanas en la aldea de Kisilova, en Hungría, se les apareció de noche a unos campesinos que estaban durmiendo y les oprimió tanto la garganta que murieron al cabo de veinticuatro horas. Así hizo que perecieran nueve personas, tanto viejas como jóvenes, en un lapso de ocho días.

La viuda de Blagojević testificó incluso que el espectro de su marido se le había aparecido para pedirle sus zapatos porque se estaba viendo en la necesidad de correr descalzo, lo que estremeció tanto a aquella mujer que abandonó la aldea de Kisilova para huir a otra parte.

Esas circunstancias determinaron a los aldeanos a desenterrar el cuerpo de Blagojević y a quemarlo para librarse de sus estragos. Se dirigieron al oficial del emperador, que mandaba en el territorio de Gradisch, en Hungría, y al cura del mismo lugar, al objeto de recabar su autorización y exhumar el cuerpo de Petar Blagojević. El oficial y el cura denegaron en un principio aquella autorización; pero los campesinos manifestaron que si no querían desenterrar y quemar a aquel vampiro, no les quedaría más remedio que abandonar la aldea y huir adonde pudieran.

El oficial del emperador[73], viendo que las amenazas y advertencias no podían detener a esas pobres gentes, se trasladó a la aldea de Kisilova y mandó exhumar el cuerpo de Petar Blagojević.

Se encontraron con que su cuerpo no exhalaba ningún mal olor; que estaba entero y como vivo, salvo por la punta de la nariz, que parecía algo marchita; que le habían crecido el cabello y la barba, y que en lugar de las viejas uñas, que se le habían caído, tenía otras nuevas; que bajo su primera piel, que estaba como muerta y blanquecina, aparecía otra nueva, sana y de color natural. Tenía los pies y las manos tan enteros como sería deseable en un hombre plenamente vivo.

---

73 Es este mismo oficial —dice Collin de Plancy— quien escribió la relación de esta desventura.

Creyeron distinguirle también en la boca una sangre muy fresca, que sin duda acababa de chupar de las personas a las que acababa de matar.

Una vez que el oficial del emperador y el cura examinaron cuidadosamente todo aquello, volvió a nacer la indignación entre los campesinos contra el vampiro y se apresuraron a buscar una estaca muy puntiaguda que le clavaron en el pecho, de donde a borbotones salió sangre fresca y escarlata, al igual que por la nariz y la boca, y por otras partes que la decencia me impide nombrar: acto seguido arrojaron el cuerpo a una hoguera y una vez que lo redujeron a cenizas la aldea quedó en paz.

CAPÍTULO VIII

HISTORIA DE OTRO VAMPIRO DE KISILOVA.— APARICIONES DEL VAMPIRO ARNOLD PAOLE.— MUERTE DE STANOSKA, MORDIDA POR UN JOVEN VAMPIRO, ETCÉTERA.

El marqués de Argens cuenta en su CXXXVII carta judía[74] la historia de un

---

74 Se refiere a Jean-Baptiste de Boyer, marqués de Argens (1703-1771) y su obra *Lettres juives, ou Correspondance philosophique, historique et critique entre un Juif voyageur à Paris et ses correspondans en divers endroits* (1736), más conocida como *Lettres juives*; sin traducción en español.

vampiro que sucedió en la misma aldea de Kisilova, a tres leguas de Gradisch. Lo que más asombroso resulta del relato es la especie de credulidad del célebre marqués de Argens respecto de un hecho que no había visto y que no presenta ningún rasgo satisfactorio de autenticidad.

«Acaba de suceder en Hungría —dice el escritor filósofo— una escena de vampirismo, debidamente atestiguada por dos oficiales del tribunal de Belgrado, que se han trasladado al lugar de autos, y por un oficial de las tropas del emperador en Gradisch, testigo ocular del sumario».

A comienzos de septiembre murió en la aldea de Kisilova un anciano de sesenta y dos años de edad. Tres días después de su entierro, se apareció a su hijo por la noche, y le pidió de comer: el hijo le trajo alimento, el espectro comió y después desapareció.

Al día siguiente el hijo contó a sus vecinos lo que le había sucedido; y el fantasma no volvió a aparecerse aquel día; pero a la tercera noche regresó a pedir de nuevo la cena. No se sabe si su hijo le dio de cenar o no; pero lo encontraron al día siguiente muerto en su cama. Aquel mismo día cinco o seis personas cayeron de súbito enfermas en la aldea, y murieron una tras otra en muy poco tiempo.

El alguacil del lugar, enterado de lo que estaba sucediendo, remitió un acta al tribunal de Belgrado, que mandó a la aldea a dos de sus oficiales junto con un verdugo para examinar el caso. Un oficial imperial acudió de Gradisch para ser testigo de un hecho del que tanto había oído hablar.

Se abrieron los sepulcros de todos los que habían muerto en las últimas seis semanas: cuando llegaron al del anciano se lo encontraron con los ojos abiertos, rojo escarlata, con respiración natural, aunque inmóvil y muerto, de lo que dedujeron que era un infame vampiro. El verdugo le clavó una estaca en el corazón: hicieron una hoguera y redujeron el cadáver a cenizas.

No se encontró ninguna marca de vampirismo ni en el cuerpo del hijo ni en el de los demás muertos.

«Gracias a Dios —añade el marqués de Argens— somos crédulos nada y menos; confesamos que todas las luces de la física que podamos arrojar sobre este hecho no desentrañan ni de lejos sus causas: aun así, no podemos rehusar creer verdadero un hecho acreditado jurídicamente y por gente de probidad...».

El propio escritor relata luego una aventura que tuvo lugar en 1732 y que había publicado por entonces en el número 18 de *Le Glaneur*.

La aventura es tan célebre que nos resultaría imposible omitirla en esta obra.

En una comarca de Hungría, cree el pueblo, al que se conoce por el nombre de *haiduques*, como en muchos otros lugares, que ciertos muertos, a los que da el nombre de vampiros, vuelven para chupar la sangre de los vivos; por ende, éstos se extenúan de forma obvia, mientras los cadáveres, como sanguijuelas, se llenan de sangre con tanta abundancia que se la ve salírseles por los conductos del cuerpo y hasta por los poros.

Un cierto haiduque, habitante de Medveđa, que se llamaba Arnold Paole, fue aplastado por una carreta de heno que volcó. Treinta días después de su muerte cuatro personas murieron súbitamente y de la manera como mueren, según la tradición del país, quienes sufren el hostigamiento de los vampiros.

Fue entonces cuando rememoraron que aquel Arnold Paole solía contar que en las inmediaciones de Kosovo y las fronteras de la Serbia turca un vampiro lo estuvo atormentando durante mucho tiempo. Hay que observar que estas gentes creen además que, quienes han sido mordidos en vida, muerden a su vez una vez muertos.

Arnold Paole había hallado la forma de curarse de los ataques del vampiro turco comiendo tierra del sepulcro donde estaba enterrado el cadáver, y frotándose con su sangre. Aquella precaución no le impidió convertirse en vampiro tras su muerte.

Llevaba cuarenta días enterrado y ya había mordido o ahogado a un número bastante grande de campesinos cuando lo exhumaron. Hallaron en su cadáver todos los indicios del vampirismo: su cuerpo estaba rojo escarlata; su cabello, sus uñas y su barba, se habían remozado; sus venas estaban todas llenas de una sangre fluida que chorreaba de todas las partes de su cuerpo a la mortaja en que estaba envuelto.

El alguacil del lugar, en cuya presencia se hizo la exhumación, y que era un hombre experto en sucesos vampíricos, mandó clavar en el corazón de Arnold Paole una estaca muy puntiaguda con la que le atravesaron el cuerpo de parte a parte. El vampiro, según dicen, no pudo sufrir aquel remedio sin proferir un alarido espeluznante, como si estuviera vivo; pese a ello, le cortaron la cabeza y lo quemaron todo. Otro tanto hicieron con todos los cadáveres de las demás personas muertas de vampirismo, por miedo a que hicieran morir a otras a su vez.

Sin embargo, al cabo de cinco años de aquellas expediciones, aquellos funestos estragos se reprodujeron, y varios vecinos de la misma aldea fenecieron por desgracia. En el transcurso de tres meses, diecisiete personas de diferente sexo y edad murieron de vampirismo, algunas de súbito, y otras al cabo de dos o tres días desfalleciendo.

Se relató, entre otras circunstancias, que una joven llamada Stanoska, hija del haiduque Sotvitzo, y que se había acostado en perfecta salud, se desveló en mitad de la noche con un gran tembleque, profiriendo alaridos quejumbrosos, y diciendo que el hijo del haiduque Milo, que había muerto nueve semanas antes, había regresado para estrangularla mientras dormía. Desde aquel momento, no hizo más que desfallecer, y murió al cabo de tres días.

Lo que aquella moza dijo del hijo de Milo hizo que exhumaran su cadáver, en el que advirtieron los signos del vampirismo. Los próceres del lugar, los médicos y cirujanos examinaron cómo había podido renacer el vampirismo tras las precauciones que habían tomado algunos años antes: al fin averiguaron, tras no poco indagar, que el difunto Arnold Paole había matado no sólo a aquellas personas, sino también a varios rebaños, de los que habían comido los nuevos vampiros, y en particular el hijo de Milo.

Ante aquellos indicios tomaron la determinación de desenterrar a todos los que habían muerto desde hacía cierto tiempo. De cuarenta, encontraron diecisiete con todos los signos más evidentes del vampirismo: les atravesaron el corazón; les cortaron la cabeza; los quemaron, dispersaron sus cenizas; y desde entonces quedaron a resguardo de sus noctámbulas fechorías.

Todos estos hechos constan en actas firmadas por oficiales alemanes y alguaciles de aldeas...

CAPÍTULO IX

HISTORIA DE TRES VAMPIROS DE HUNGRÍA.

Hacia el año 1725, un soldado que estaba de guarnición en casa de un campesino de las fronteras de Hungría, vio entrar, a la hora de la cena, a un desconocido, que se sentó a la mesa junto al dueño de la casa: éste quedó en extremo espeluznado, al igual que el resto de comensales. El soldado no sabía qué pensar de aquello y temía ser indiscreto si hacía preguntas, porque desconocía de qué se trataba.

Pero comoquiera que el dueño de la vivienda murió al otro día, trató entonces de averiguar quién era el individuo que había causado aquel accidente, y puso toda la casa patas arriba. Le dijeron que el desconocido al que había visto entrar y sentarse a la mesa para gran susto de toda la familia era el padre del dueño de la casa; que llevaba muerto y enterrado más de diez años, y que al regresar y sentarse así junto a su hijo le había traído la muerte.

El soldado contó todo aquello a su regimiento. Enseguida dieron parte de ello a los oficiales generales, que encomendaron al conde de Cabreras, capitán de infantería, que informara de aquel hecho.

El conde de Cabreras se trasladó al lugar de los hechos con otros oficiales, un cirujano y un escribano judicial, oyeron los testimonios de todas las personas de la casa, que declararon que el muerto viviente era padre del dueño de la vivienda y que todo lo que el soldado había manifestado era la pura verdad, cosa que también afirmó la mayoría de los aldeanos.

Así pues, mandaron desenterrar el cuerpo de aquel espectro: su sangre estaba fluida y sus carnes tan frescas como las de un hombre recién fallecido. Le cortaron la cabeza y luego lo volvieron a introducir en su sepulcro.

A continuación, tras una indagación exhaustiva, exhumaron un hombre muerto hacía más de treinta años, que se había aparecido tres veces en su casa a la hora de la comida, y que, la primera vez, había mordido en el cuello a su propio hermano; la segunda, a uno de sus hijos; la tercera, a un criado de la casa; los tres habían muerto a causa de ello casi en el acto. Cuando a aquel viejo vampiro lo desenterraron, se lo encontraron, como al primero, con sangre fluida y cuerpo fresco. Le clavaron un gran punzón en la cabeza y luego lo volvieron a meter en su sepulcro.

El conde de Cabreras mandó luego quemar un tercer vampiro, que llevaba enterrado más de dieciséis años y que había chupado la sangre y causado la muerte de dos de sus hijos. Entonces por fin aquellas tierras quedaron en paz[75].

---

75 Dom Calmet manifiesta —dice Collin de Plancy— que estos hechos le fueron referidos por un particular, a quien a su vez se los había relatado el conde de Cabreras.

CAPÍTULO X

EXHUMACIÓN Y AVENTURAS DE UN BRUCOLACO O VAMPIRO DE LA ISLA DE MICONOS.

Tournefort[76] cuenta en el tomo I de su viaje al Levante la manera en que vio exhumar a un brucolaco en la isla de

---

[76] Joseph Pitton de Tournefort (1656-1708): botánico francés que por encargo de Luis XIV viajo al Levante de 1700 a 1702 junto con el botánico alemán Andreas von Gundelsheimer (1668-1715) y el pintor francés Claude Aubriet (1651-1743). De resultas de dicho viaje escribió la obra que cita Collin de Plancy: *Relation d'un voyage du Levant fait par ordre du roy* (1717), sin traducción en español.

Miconos, donde se encontraba el 1 de enero de 1701. Debemos hacer hueco en esta obra a dicha aventura; ésta es anterior a los vampiros de 1730 y, desde hace mucho, como hemos dicho, sucedían otras semejantes en la Grecia moderna. «Fuimos testigos —dice Tournefort— de una escena muy singular con ocasión de uno de esos muertos que dizque se reaparecen después de enterrados. Aquél cuya historia vamos a contar era un campesino de Miconos, de natural amargado y cascarrabias: es una circunstancia reseñable a propósito de tales asuntos. Lo mataron en el campo, no se sabe quién ni cómo.

«Dos días después de inhumarlo en una capilla del pueblo, corrió el rumor de que se le veía vagar de noche a paso ligero; que iba por las casas derribando muebles, apagando lámparas, agarrándose a la gente por la espalda, y hacer otras mil travesuras. Al principio, aquello a la gente le dio risa; pero el asunto se puso más serio cuando la gente más juiciosa empezó a quejarse; los propios clérigos estaban de acuerdo en ello, y, sin duda, sus razones tenían.

«No faltaron misas: sin embargo, el espectro seguía a lo suyo, sin propósito de enmienda. Tras varias asambleas entre las personalidades del pueblo, curas y monjes, determinaron que era menester, según no sé qué antiguo rito, esperar nueve días tras el entierro.

«El décimo día se celebró una misa en la capilla donde estaba el cuerpo para ahuyentar al demonio que se creía que lo había poseído. Desenterraron aquel cuerpo después de la misa y convinieron en que lo debido era extirparle el corazón, lo que suscitó el aplauso de toda la asamblea. No obstante, no les quedó más remedio que quemar incienso para tapar los malos olores. Pero aquella humareda, confundida con las exhalaciones del brucolaco, no tardó en calentar la sesera de esas pobres gentes; su imaginación, sugestionada por el espectáculo, se llenó de visiones: les dio por decir que aquella espesa humareda salía del cuerpo; en cuanto a nosotros, no osábamos objetar que era la del incienso.

«No paraban de gritar *vrucolacas* en la capilla y en la plaza de delante. Es el nombre que dan a estos presuntos muertos vivientes. El clamor se iba extendiendo por las calles como a mugidos, y aquel vocablo parecía que iba a alborotarlo todo. Varios de los presentes aseguraban que la sangre de aquel desdichado era muy escarlata; el carnicero juraba que el cuerpo aún estaba muy caliente, de lo que infería que a buen seguro el muerto no estuviera bien muerto o, mejor dicho, que lo hubiera revivido el diablo. Ésa es justamente la idea que tienen de un brucolaco; y le daban a esa palabra una entonación desconcertante.

«En aquel momento entraron otras personas, que protestaron en voz muy alta que habían discernido muy bien que aquel cuerpo no se había puesto rígido cuando lo llevaban del campo a la iglesia a enterrarlo, lo que les reafirmaba de nuevo en que era un auténtico *vrucolacas*. Aquélla era la cantinela.

«No me cabe duda de que, de no haber estado allí nosotros, habrían dicho que exhalaba un excelente aroma, de tan ufanas como están esas pobres gentes de sus muertos vivientes.

«Al fin, opinaron que había que ir al puerto y quemar el corazón del muerto, que, a pesar de la ejecución, estuvo menos dócil y más ruidoso que antes. Le acusaron de pegar a la gente por la noche, de echar puertas abajo y hasta de destrozar terrazas, romper ventanas, desgarrar vestidos, y de vaciar jarras y botellas. Era un muerto muy bullicioso: creo que sólo dejó ilesa la casa del cónsul donde nos alojábamos.

«Sin embargo, no he visto nada tan penoso como el estado en que se encuentra aquella isla: todo el mundo tenía la imaginación retorcida; la gente de mejores entendederas parecía tan trastornada como los demás; se veían familias enteras que abandonaban sus casas y que llegaban de los confines del pueblo con sus camas para pernoctar en la plaza; los más sensatos se retiraban al campo.

«Ante una suspicacia tan general, tuvimos la cautela de no decir nada: no sólo nos habrían tachado de ridículos, sino de herejes. ¿Cómo hacer entrar en razón a toda esa gente? Quienes creían en su fuero interno que poníamos en entredicho la veracidad de los hechos nos venían como para echarnos en cara nuestra incredulidad y pretendían probarnos la existencia de los brucolacos invocando autoridades como el carnicero del pueblo y el padre Richard, misionero jesuita.

«Todas las mañanas nos daban un sainete con una fiel narración de los nuevos dislates que había perpetrado aquel pájaro nocturno. Se le acusaba incluso de haber cometido los pecados más abominables.

«Los ciudadanos más fervorosos del bien público creían que se había faltado al punto más esencial de la ceremonia: según ellos, sólo cabía celebrar la misa una vez arrancado el corazón de aquel desdichado; argüían que con esa precaución se habría sorprendido al diablo infaliblemente; y, sin duda, éste habría procurado no volver; en su lugar, al haber empezado por la misa, le había dado tiempo de sobras, decían ellos, a huir y volver más tarde a su antojo.

«Tras todos aquellos razonamientos nos encontramos en el mismo desbarajuste que el primer día: nos reunimos mañana y tarde; debatimos; salimos de procesión tres días y tres noches; obligan a los clérigos al ayuno; se los veía correteando por dentro de las casas hisopo en ristre, echando agua bendita por todas partes y lavando con ella las puertas: tampoco cesaban ni un instante de ir llenando con ella a cada momento la boca del brucolaco.

«Como habíamos ido reiterando a los regidores del pueblo que en Europa en un caso semejante a buen seguro se habrían hecho rondas nocturnas para vigilar lo que sucediera en el pueblo, al fin acabaron por detener a unos cuantos vagabundos, que seguramente habían tomado parte en todos aquellos altercados; pero sin duda no eran sus principales autores, o bien los soltaron demasiado pronto; pues dos días después, para resarcirse del ayuno que habían hecho en los calabozos, vaciaron nuevamente las jarras de vino de quienes eran lo bastante ingenuos como para dejar sus casas solas de noche. Así pues, no quedó más remedio que volver a las plegarias.

«Un día, mientras recitaban ciertas oraciones, tras haber clavado no sé cuántas espadas desenvainadas en la fosa de aquel cadáver, al que desenterraban tres o cuatro veces al día, según el antojo del primero que llegaba, un albanés, que estaba de paso por Miconos, tuvo la ocurrencia de decir, en tono doctoral, que era harto ridículo en semejante caso servirse de las espadas de los cristianos. ¿Acaso no veis —añadía— que la empuñadura de esas espadas, que forma una cruz con su guarda, impide al diablo salir de aquel cuerpo? ¿Por qué no empleáis mejor sables de los turcos?

«El dictamen de aquel sagaz hombre de nada sirvió: el brucolaco no se mostró más manso, y todo el mundo andaba en extraña consternación. No sabían ya a qué santo rezar, cuando a una sola voz, como si estuvieran compinchados, se echaron a gritar por todo el pueblo que estaban esperando demasiado, que había que quemar entero al brucolaco; que, una vez que lo hubieran hecho, retaban al diablo a volver a alojarse en aquel cuerpo; que más valía recurrir a aquel extremo que dejar desierta la isla. No en vano, había ya familias enteras haciendo las maletas, con idea de retirarse a Siros o a Tinos.

«Así, por orden de los regidores, llevaron al brucolaco al confín de la isla de San Jorge, donde le tenían preparada una gran hoguera con brea, por miedo a que la madera, por seca que estuviera, no ardiese lo bastante pronto. Los despojos de aquel desdichado cadáver fueron arrojados a la hoguera y se consumieron en poco tiempo.

«Si con ocasión de ciertas fiestas se encienden hogueras, aquello tenía tanto de unas como de otras, pues desde entonces no se oyó más queja contra el brucolaco: se contentaron con decir que esta vez sí que habían atrapado al diablo e hicieron varias canciones para ridiculizarlo.

«En todo el archipiélago Egeo están plenamente convencidos de que el diablo sólo revive a los griegos del rito griego. Los habitantes de la isla de Santorini le tienen mucha aprensión a esta clase de espectros. Los de Miconos, una vez que se hubieron disipado sus visiones, temían además las persecuciones de los turcos y las del obispo de Tinos. Ningún clérigo quiso estar en San Jorge cuando quemaron aquel cuerpo, por temor a que el obispo exigiera una suma de dinero por desenterrar y quemar al muerto sin su permiso. En cuanto a los turcos, no cabe duda de que a la primera visita no se anduvieron con remilgos para cobrar a la comunidad de Miconos la sangre de aquel pobre muerto viviente, que de toda manera había sido la abominación y el horror de su país».

Acaso esta historia se haya hecho un poco larga, pero es de suma importancia; pues muestra lo que las mentes en su sano juicio deben pensar del vampirismo.

CAPÍTULO XI

HISTORIA DE UN VAMPIRO DE MOLDAVIA.— ANÉCDOTA SINGULAR RELATADA POR TORQUEMADA.

En una aldea a algunas leguas de Bârlad, en Moldavia, murió en febrero de 1729 un viejo jardinero de quien recelaba todo el vecindario por creerlo brujo.

Durante la noche de la víspera de su entierro, su cuerpo, que yacía en la iglesia, fue movido de su sitio y robaron la mortaja negra que lo cubría: no obstante, al otro día encontraron el cadáver inerte. Aun así, no por ello se abstuvieron de pregonar que era ya un muerto viviente, y se dieron prisa en enterrarlo y hasta le pusieron una piedra sobre la garganta.

Tres noches después una joven, que era novia y estaba a punto de casarse, se despertó fuera de sí, abandonó su cama, perseguida por una visión espeluznante y corrió a decir a sus padres que el viejo jardinero acababa de entrar en su alcoba y le había dicho: «Vengo a morderte como ya he mordido a quien iba a ser tu esposo»; que al mismo tiempo le había oprimido la garganta y se había despertado peleando con aquel vampiro.

En vez de reconfortarla y mostrarle que todo aquello no era más que una visión, a sus padres, asustados como ella, no se les ocurrió otra cosa que pregonar a sus vecinos la desdicha de su hija y pedir que exhumaran el cadáver sanguinario. Sin embargo, la joven murió al cabo de dos días.

Pero he aquí un hecho más notable: el que iba a ser su marido ni había visto al vampiro, ni tampoco le había mordido; sin embargo, tan pronto como se enteró de lo que había dicho el espectro al estrangular a la joven, también él cayó enfermó, y murió ocho días después que ella.

Desenterraron el muerto a quien el clamor público acusaba de vampirismo. Creyeron advertirle un semblante fresco, y lo quemaron[77]. ¿Pero acaso podrían dejar de reconocerse en esta aventura los tristes efectos de la imaginación? La verdad es en este caso tan obvia que huelga mostrarla.

Nos conformaremos con relatar una anécdota que guarda alguna relación con el accidente que protagonizó un vampiro al mover un cadáver que iban a enterrar.

---

[77] Collin de Plancy cita aquí una obra titulada *Viaje a Moldavia en 1735: tomo* I, publicada, dice, en Múnich en 1740, pero no da el nombre del autor. Sin embargo, no hemos encontrado dicha obra en la Biblioteca Nacional de Francia ni en la Biblioteca del Estado de Baviera.

Torquemada cuenta[78] que en una ciudad de España «murió un caballero muy principal y muy rico, el cual se mandó enterrar en un monasterio de religiosos, y el entierro se hizo muy suntuoso y con la solemnidad que para una persona como la suya se requería. Y venida la noche, había en aquella ciudad una mujer que había perdido el juicio y andaba día y noche por las calles sin que le hicieran caso. Se metió en la iglesia del monasterio y se escondió de manera que el sacristán cerró, sin entender que quedaba

---

[78] Antonio de Torquemada, que ya ha aparecido antes en esta obra. Este fragmento también pertenece a su *Jardín de flores curiosas*, por lo que transcribimos el extracto del original español. La obra *Jardín de flores curiosas* se divide en seis tratados desarrollados en forma de diálogos, de ahí que su título se tradujera al francés por *Hexameron*. Este pasaje aparece en el tercer tratado, y es citado, además de por Collin de Plancy, por Nicolas Lenglet du Fresnoy (1674-1755) en el prefacio de su obra *Recueil de dissertations, anciennes et nouvelles, sur les apparitions, les visions et les songes* (1751), sin traducción en español.

dentro persona alguna; y como la noche se fue enfriando cada hora más, la joven vio la tumba que estaba sobre la sepultura de aquel caballero con un paño de luto que la cubría y tomaba alrededor muy gran cerco, y pareciéndole que allí tendría estancia más caliente para pasar la noche, se fue para la tumba, y, alzándola por un lado, se metió debajo de ella, y allí se adormeció, hasta que los frailes vinieron al coro a decir sus maitines, y despertando al ruido de las voces, le pareció que era bien holgarse con ellos y espantarlos, y así comenzó a dar muchos golpes en la tumba y hacer muy gran estruendo y ruido, y demás de esto, daba aullidos. El prior y frailes tuvieron razón de temer, y así, pasaron en el oficio, y viendo que el estruendo y las voces perseveraban, determinaron de venir a entender lo que podía ser, y tomando sendos cirios encendidos en las manos y agua bendita, bajaron a la iglesia diciendo aquellas devociones que más convenientes les parecían para semejante caso que este. La loca, como entendía que se venían acercando, determinó llegar adelante lo que había comenzado; cuanto más cerca los sentía, mayores voces y golpes daba; y sin esto, levantándose en pie, levantaba también la tumba sobre la cabeza y cuando estaba bien alta, se dejaba caer con ella y aunque hacía esto muchas veces, como el paño de luto era tan grande que todo lo cubría, no podían ver ni entender lo que era; y como ninguna cosa aprovechaban los exorcismos y conjuros que hacían, al prior le pareció que sería cosa temeraria querer descubrir ni alzar la tumba, y que por ventura de ello podría proceder alguna cosa de espanto que hiciese daño a alguno de los religiosos. La loca, sintiéndose fuera del peligro en que estaba si la hallaran, se volvió a dormir y estuvo allí casi hasta la mañana, que se volvió a salir, componiendo muy bien la tumba y el paño como antes estaba, y se escondió en el mismo lugar donde antes había estado, y como el sacristán, después que fue de día, abrió la puerta y entraron gentes, la loca disimuladamente salió.

«Los frailes fueron a ver la sepultura y alzando la tumba no hallaron otra cosa, sino la tierra toda pisada y alastrada, sin saber qué poder juzgar de ello. Este negocio no se pudo encubrir y en pocos días fue público, no solamente en la ciudad, pero también en otras muchas partes, y como cada uno añadía lo que le parecía, tanto en la ciudad como en el convento, estaban convencidos de que un espectro se había aparecido en la iglesia; hasta un día que, habiendo casi dos meses que esto había pasado, dos religiosos del mismo monasterio pasaban por medio de la plaza, y acaso esta loca estaba a una parte con unas gentes que se burlaban y pasaban su tiempo con ella, y como vio los religiosos, comenzó a dar muy grandes voces, diciendo "¡Ah, frailes, frailes!, mas ¡cómo os espanté la otra noche!". Aquellos padres volvieron adonde estaba por entender lo que decía, y la loca con muy gran risa comenzó a decir: "A la fe, yo era la que estaba la otra noche debajo de la tumba y os espanté cuando estabais en maitines"».

Hay no pocas aventuras de este género, que sólo son maravillosas porque se desconoce su desenlace.

TERCERA PARTE. EXAMEN DEL VAMPIRISMO.

CAPÍTULO I

JUICIOS CONTRA LOS VAMPIROS.— ESTADO E INDICIOS DEL VAMPIRISMO.

Hemos visto en cuanto antecede que por lo general cuando se exhuma a los vampiros sus cuerpos aparecen escarlatas, laxos, bien conservados. Sin embargo, pese a todos esos indicios de vampirismo, no se actuaba en su contra sin procedimientos judiciales. Se citaban y oían testigos; se examinaban las razones de los litigantes; se observaban minuciosamente los cadáveres: si con todo aquello dirimían que era un vampiro, se lo entregaban al verdugo, que lo quemaba.

Algunas veces sucedía que aquellos espectros se aparecían todavía durante tres o cuatro días después de su ejecución, a pesar de que habían reducido sus cuerpos a cenizas.

Muy a menudo se postergaba hasta seis y siete semanas el entierro del cuerpo de ciertas personas sospechosas. Cuando no se pudrían y sus miembros permanecían laxos, y su sangre fluida, entonces los quemaban.

Aseguraban que la vestimenta de aquellas personas se movía y cambiaba de lugar sin que ninguna persona la hubiera tocado. El autor de *Magia posthuma*, del que ya hemos hablado, cuenta que a fines del siglo XVII se aparecía en Olomouc uno de esos vampiros que, sin estar enterrado, arrojaba piedras a los vecinos y hostigaba en extremo a los habitantes.

Dom Calmet relata, como singular circunstancia, que en las aldeas plagadas de vampirismo, van al cementerio, visitan las fosas; encuentran algunas que tienen dos, tres o más orificios del grosor de un dedo, en cuyo caso las excavan y hallan sin falta un cuerpo laxo y escarlata. Si cortan la cabeza de tal cadáver, sale de sus venas y arterias sangre fluida, fresca y abundante.

El sabio benedictino se plantea acto seguido si esos orificios que se advertían en la tierra que cubría a los vampiros podían contribuir a conservar en ellos alguna clase de vida, respiración o vegetación y hacer más creíble su regreso entre los vivos: cree, con razón, que esa conjetura (fundada por añadidura en hechos que no tienen nada de real) no es probable ni digna de atención.

El mismo escritor cita en otra parte, a propósito de los vampiros de Hungría, una carta de De l'Isle de Saint-Michel, que permaneció mucho tiempo en los países infestados, y que algo debía de saber acerca de esta cuestión. He aquí cómo se explica De l'Isle de Saint-Michel al respecto:

«Una persona se encuentra aquejada de languidez, pierde el apetito, enflaquece a simple vista y, al cabo de ocho o diez días, a veces quince, muere sin fiebre, ni ningún otro síntoma de enfermedad, más que el enflaquecimiento y la enjutez. En Hungría dicen que es un vampiro que acecha a esa persona y le chupa la sangre.

«Quienes se ven aquejados de esta melancolía negra, en su mayor parte, con el espíritu trastornado como lo tienen, creen ver un espectro blanco que los sigue por todas partes, como la sombra hace con el cuerpo.

«Cuando estábamos en el cuartel de invierno en tierras valacas, dos caballeros de la compañía en la que era yo corneta murieron de aquella enfermedad; y varios otros que se veían aquejados de ella probablemente habrían muerto también si un cabo de nuestra compañía no hubiera sanado aquellas imaginaciones ejecutando el remedio que las gentes del lugar emplean para ello. Aunque bastante singular, no lo he leído nunca en ningún *ritual*: helo aquí.

«Se escoge un muchacho, que sea de edad como para no haber hecho nunca uso de su cuerpo, es decir, que se lo pueda creer virgen; se le hace subir en cueros en un caballo semental, absolutamente negro, y que sea también virgen. Se los conduce al joven y al caballo al cementerio: se pasean por todas las fosas. Aquélla por donde el animal rehúya pasar, por más golpes de fusta que se le den, se considera que cobija a un vampiro. Se abre la fosa en cuestión y se encuentra un cadáver tan lozano y fresco como si fuera un hombre dormido a pierna suelta. De un golpe de pala se le corta la cabeza al cadáver: sale en abundancia una sangre de las más lozanas y escarlatas, o al menos así se cree verla. Hecho esto, se vuelve a meter al vampiro en su fosa, se la colmata, y cabe considerar que desde ese instante la enfermedad cesa, y que todos cuantos se veían aquejados de ella van recobrando sus fuerzas poco a poco, como quienes escapan de una larga enfermedad de agotamiento».

CAPÍTULO II

EL VAMPIRISMO ALIMENTADO POR LA IMAGINACIÓN Y EL MIEDO.— ANÉCDOTAS SOBRE LOS FUNESTOS EFECTOS DE LA IMAGINACIÓN ATEMORIZADA.

El marqués de Argens, tras mostrar cierta credulidad por los vampiros, cuyas prodigiosas desventuras fueron capaces de sorprender a su espíritu atónito, se rehace pronto de esa flaqueza; y razona así acerca de esta materia en las mismas cartas judías que antes citábamos[79]:

«Hay dos métodos diferentes para destruir el temor a los vampiros, y mostrar la imposibilidad de los funestos efectos que se atribuyen a unos cadáveres enteramente privados de sensorialidad: el primero es explicar mediante causas físicas todos los prodigios del vampirismo; el segundo es negar íntegramente la veracidad de esas historias; y esta última elección es sin duda la más segura y la más sabia.

«Pero como hay personas a quien la autoridad de un certificado extendido por personas que ostentan un cargo les parece una demostración evidente de la veracidad del cuento más absurdo, antes de mostrar cuán poco debemos fiarnos de los trámites judiciales en las materias que conciernen únicamente a la filosofía, supondré

---

[79] El fragmento que a continuación cita Collin de Plancy también es, como el anterior, de la CXXXVII carta judía.

momentáneamente que mueren realmente varias personas del mal que ha dado en llamarse vampirismo. Expongo en primer lugar el principio de que puede suceder que haya cadáveres que, aun llevando varios días enterrados, derramen sangre fluida por los conductos de su cuerpo; añado aún que es muy plausible que ciertas personas se figuren que son mordidas por vampiros, y que el miedo que les causa esa fantasía les induzca una conmoción tan violenta como para quitarles la vida. Al andar todo el día ocupadas en el temor que les inspiran esos presuntos espectros, no es de extrañar que durante el sueño las ideas de esos fantasmas acudan a su imaginación y les causen un terror tan violento que algunas mueran al instante, y otras, pocos días después. ¡Cuánta gente no se habrá visto que ha muerto de pavor! ¿Acaso no ha producido la propia alegría tan funestos efectos?».

En 1733, se publicó un opúsculo titulado *Pensamientos filosóficos y cristianos sobre los vampiros*, de Juan Cristóbal Harenberg[80]. El autor habla de pasada de un espectro que se le apareció a él mismo en pleno mediodía: sostiene además que los vampiros no hacen morir a los vivos y que todo lo que se rumorea sobre ellos debe atribuirse a la imaginación trastornada de los enfermos.

Prueba, con diversas experiencias, que la imaginación es capaz de causar grandísimos trastornos en el cuerpo y en los humores.

Trae al recuerdo que en Eslavonia se empalaba a los asesinos y que atravesaban el corazón del culpable con una estaca que le clavaban en el pecho. Si se ha empleado

---

80 Johann Christoph Harenberg (1696-1774); el título de la obra original es *Vernünftige und Christliche Gedancken über die Vampirs* (1733); Collin de Plancy la cita en latín: *Philosophicæ & Christianæ cogitationes de Vampiriis*; de ello se infiere que tuvo acceso a la obra o a una síntesis de ella en latín, pero no hemos podido hallarla en bibliotecas nacionales de países hispanohablantes ni tampoco en la Biblioteca Nacional de Alemania.

este mismo castigo contra los vampiros es porque se les supone autores de la muerte de aquéllos cuya sangre se dice que chupan.

Juan Cristóbal Harenberg reseña varios casos de tal suplicio ejercido contra los vampiros: uno ya en el año 1337, y otro, en 1347, por ejemplo; habla de la opinión de quienes creen que los muertos comen en sus sepulcros, conjetura cuya antigüedad trata de probar citando a Tertuliano, al comienzo de su libro sobre la resurrección[81], y a San Agustín, en el libro VIII de la *Ciudad de Dios*.

El pasaje que cita de Tertuliano prueba con claridad que los paganos ofrecían alimento a sus muertos, incluso a aquéllos cuyos cuerpos habían quemado, en la creencia de que así saciaban sus almas. Esto no atañe únicamente a los paganos, sino que San Agustín habla en varias ocasiones de la costumbre que tenían los cristianos, particularmente los

---

[81] Quinto Septimio Florente Tertuliano (c. 160-220): *De Resurrectione Carnis*.

de África, de llevar a los sepulcros carne y vino, con los que celebraban convites de devoción a los que invitaban a parientes, amistades y pobres. Aquellos ágapes se prohibieron más adelante, porque rara era la vez que los cristianos no acababan ebrios.

Examinando el relato de la muerte de los presuntos mártires del vampirismo, se averiguan todos los síntomas de un fanatismo epidémico y se colige claramente que cabe atribuirlo todo a las impresiones producidas por el terror. Una joven, llamada Stanoska, que se había acostado en perfecta salud, se despierta en plena noche, muy trémula, dando espeluznantes alaridos y diciendo que el hijo del haiduque Milo, muerto hacía nueve semanas, había vuelto para estrangularla mientras dormía. Desde aquel momento, no hace más que desfallecer, y muere al cabo de tres días.

Para quien tenga algo de filosofía en las mientes, ¿acaso no resulta obvio que ese presunto vampirismo es el efecto de una imaginación atemorizada? Una joven que se despierta, que dice que han querido estrangularla y que aun así no ha sido mordida porque sus alaridos han impedido al vampiro darse un festín. Al parecer tampoco fue mordida posteriormente porque sin duda no la dejaron sola las siguientes noches, y si el vampiro hubiera querido hostigarla, sus quejidos habrían alarmado a los presentes: sin embargo, muere tres días después. Para quien sabe de qué delirios es capaz la imaginación, este relato no tiene nada de asombroso.

Al mismo tiempo que los vampiros asolaban Alemania, París estaba plagada de convulsionarios del cementerio de San Medardo, otros a quienes la imaginación no mataba, pero a quienes volvía locos. Cuando cerraron aquel cementerio, que era el teatro de sus dislates, celebraron sesiones en salones y buhardillas particulares. Un valiente militar, a quien nunca jamás había asombrado nada, tuvo la curiosidad de ir a verlos. Tomó lugar entre la muchedumbre de espectadores y se echó a reír al instante de la veneración que testimoniaban a esos píos imbéciles. Uno de los convulsionarios, volviendo sus ojos extraviados hacia él, le gritó con voz ronca y solemne: «¡Te ríes...! Has de saber que morirás dentro de siete días». El militar palideció, y salió poco después. Volvió a casa, con la imaginación sugestionada por una amenaza ridícula, que habría debido despreciar; puso orden en sus asuntos, otorgó testamento, y al séptimo día murió de locura o de pavor[82].

---

[82] Véase la definición de «convulsionario» —dice Jacques Collin de Plancy— en el *Diccionario infernal*. Los mismos espíritus débiles —añade— que morían en Alemania y en Lorena por miedo a los muertos vampiros, campaban a sus anchas por París, y hacían mil extravagancias sobre la tumba del diácono François de Pâris. En el siglo IX, los restos mortales de un santo, al que Roma rechazó luego, fueron trasladados a Dijon. Quienes se acercaban a ellos hacían unas contorsiones espeluznantes, como nuestros convulsionarios de 1732. No les quedó más remedio que hacer desaparecer dichos restos mortales.

Se dice que Guimond de la Touche[83] corrió una suerte semejante. Había ido a casa de un presunto brujo con el afán de averiguar las argucias que éste empleaba: iba acompañando a una gran princesa, que en aquella ocasión mostró más fortaleza de ánimo que él. La parafernalia religiosa de cada conjuro, el sigilo de los espectadores, el respeto y el espanto que embargaba a algunos, empezaron a calarle hondo. En un instante en que, muy alterado, se fijó con atención en cómo clavaban alfileres en el seno de una joven, ésta le dijo: «Mucha prisa tenéis en averiguar todo cuanto aquí hacemos; ¡pues bien! Ya que sois tan curioso, sabed que moriréis dentro de tres días». Esas palabras lo dejaron apabullado; cayó en una profunda alucinación; y aquel vaticinio, así como todo lo que había visto,

---

83 Claude Guimond de la Touche (1723-1760): poeta y dramaturgo francés, autor de la pieza teatral *Ifigenia en Táuride*, basada en la obra homónima de Eurípides.

le causó tal estupor que cayó enfermo y, en efecto, murió a los tres días, en 1760[84].

Quienes se han encontrado en las ciudades asoladas por la peste saben por experiencia a cuánta gente le cuesta la vida el temor. En cuanto una persona padece el menor mal, ésta se figura que padece la enfermedad epidémica; y se va angustiando tanto en su fuero interno, que rara es la vez que no muere de ello. Se cita el caso de una mujer de Marsella que, durante la peste de 1720, murió del miedo que le infundió una enfermedad bastante leve de su sirvienta, a quien creyó contagiada de la epidemia. La sirvienta no murió. Podríamos reseñar mil ejemplos similares; pero volvamos a los vampiros.

Un anciano de Kisilova se le aparece tras su muerte a su hijo, le pide de comer, come y desaparece. Al día siguiente el hijo

---

[84] Véase —dice Jacques Collin de Plancy— la definición de «predicciones» en el *Diccionario infernal*.

cuenta a sus vecinos lo que le había sucedido. La noche siguiente el padre no se aparece; pero a la tercera noche hallan al hijo muerto en la cama...

Quién podría no ver en esa desventura los signos más ciertos del recelo y del miedo. La primera vez que actúan en la imaginación de aquel pobre joven, atormentado por un presunto vampiro, no surten pleno efecto, sino que sencillamente predisponen su mente y la vuelven más susceptible a alterarse vívidamente, que es lo que acabó sucediendo.

Cabe observar que el muerto no se reapareció la noche en que el hijo contó el sueño a sus amigos, porque, según parece, éstos velaron junto a él y le impidieron ser presa de su pánico.

CAPÍTULO III

DE CIERTAS CAUSAS FÍSICAS QUE HAN PODIDO FOMENTAR EL VAMPIRISMO.

Volvamos ahora a aquellos cadáveres que dizque encontraron llenos de sangre fluida, y cuya barba, cabello y uñas se habían remozado. Con mucha benevolencia, se pueden rebatir de entrada las tres cuartas partes de esos prodigios; y aún hay que mostrar no poca complacencia para admitir la pequeña parte restante. Cualquiera que razone sabe de sobras cuán propensos son la credulidad del vulgo e incluso ciertos historiadores a engordar las cosas que parezcan siquiera mínimamente extraordinarias. Y sin embargo, no resulta imposible explicar físicamente la causa de esos casos.

Es sabido que ciertos terrenos son propicios a conservar los cuerpos en toda su lozanía: las razones han sido explicadas tantas veces que no es necesario detenernos en ello. En Toulouse se muestra aún, en un monasterio, una cripta donde los cuerpos se conservan tan perfectamente íntegros[85] que, en 1789, había algunos que llevaban ahí casi dos siglos, y parecían vivos. Los habían dispuesto de pie, contra la muralla,

---

[85] Collin de Plancy se refiere a la cripta anexa al convento franciscano de Toulouse (*couvent des Cordeliers*), donde los habitantes de la ciudad deseaban enterrar a sus difuntos, que se conservaban allí de pie prácticamente momificados. Tras varias vicisitudes históricas (incendio, demolición, tapiado durante la Revolución francesa, etc.), se le ha perdido el rastro a la cripta que, sin embargo, salvo que fuera destruida, debe de seguir ahí bajo tierra.

y llevaban la misma vestimenta con la que los habían enterrado.

Lo más curioso es que los cuerpos que se ponen al otro lado de esa misma cripta se convierten al cabo de dos o tres días en pasto para los gusanos.

En cuanto al crecimiento de uñas, cabello y barba, se advierte muy a menudo en diversos cadáveres. Mientras quede aún suficiente humedad en los cuerpos, no hay nada de sorprendente en que durante cierto tiempo se observe algún aumento en partes que no requieran de la influencia del hálito vital.

El *Glaneur* holandés observaba en 1733 (número IX) que todos los pueblos en que se han visto vampiros estaban sumidos en la más espesa ignorancia, eran en extremo crédulos, y que, si se encontraran entre ellos médicos o gente con algún ápice de instrucción, estarían a salvo de ataques de espectros; en suma, que el vampirismo, terrible en aldeas, rara vez osaba mostrarse en ciudades; y deducía, naturalmente, que aquella funesta epidemia era fruto de una imaginación alterada.

Aquella enfermedad se veía aún más agravada por la mala alimentación de los campesinos que se veían aquejados de ella. Aquellos desdichados (siervos de la gleba en su mayoría, y que sufrían de todas las miserias), sólo comían pan hecho de avena, raíces y cortezas de árboles, alimento que sólo puede engendrar una sangre grosera y, por ende, muy predispuesta a corromperse.

Por lo que respecta al alarido que los vampiros profieren cuando les clavan una estaca en el corazón, no hay nada más natural. El aire que se encuentra encerrado en el cadáver y cuya expulsión se causa con violencia, necesariamente produce tal ruido al pasar por la garganta: a menudo incluso los cuerpos muertos producen sonoridades sin siquiera tocarlos.

He aquí otra anécdota que puede explicar algunos relatos de vampirismo: que el lector extraiga las conclusiones que se infieren naturalmente de ella. Esta anécdota fue publicada en varios diarios ingleses, y, en particular, en el *The Sun* de 22 de mayo de 1802.

A comienzos de abril de aquel año, un tal Alexander Anderson, que viajaba de Elgin a Glasgow, sintió cierto malestar, que le obligó a entrar en una granja que había de camino, para tomar un poco de descanso. Bien porque estuviera ebrio o por temor a resultar inoportuno, fue a acostarse bajo un cobertizo, donde se cubrió de paja para pasar desapercibido. Por desgracia, una vez que se quedó dormido, resultó que la gente de la granja se puso a echar gran cantidad de paja por encima de aquélla bajo la que el hombre se había sepultado. No fue sino hasta cinco semanas después cuando lo descubrieron en aquella singular situación. Se le había quedado un cuerpo esquelético, horrendo y demacrado; tenía la sesera tan enajenada que no daba signo alguno de entendimiento: no podía ya ni valerse de sus piernas. La paja que había rodeado su cuerpo estaba reducida a polvo, y la que circundaba su cabeza parecía masticada.

Cuando lo sacaron de esa especie de sepulcro, apenas si tenía pulso, aunque sus latidos fueran muy rápidos, tenía la piel húmeda y fría, los ojos inmóviles, abiertos de par en par, y la mirada pasmada.

Después de haberle hecho tragar un poco de vino, recobró suficientemente el uso de sus facultades físicas e intelectuales para decir a una de las personas que le preguntaban que la última circunstancia que recordaba era que había sentido que le echaban paja por encima del cuerpo; pero parece ser que, desde ese instante, no había tenido ninguna conciencia de su situación. Supusieron que había permanecido en un constante estado de delirio, ocasionado por la obstrucción del aire, y por el olor de la paja, durante las cinco semanas que había pasado así, si no sin respirar, sí al menos respirando con dificultad, y sin tomar más alimento que la poca sustancia que pudiera extraer de la paja que lo rodeaba, y que habría masticado por instinto.

Este hombre tal vez esté aún vivo. Si su reanimación hubiera tenido lugar entre poblaciones infectadas por las creencias en el vampirismo, considerando como tenía de abiertos los ojos, su semblante extraviado, y todas las circunstancias de su postura, lo habrían quemado sin darle tiempo siquiera a recobrarse; y sería otro vampiro más.

CAPÍTULO IV

DE LOS EFECTOS DE LA LUNA EN LOS VAMPIROS.

El culto a los astros, que sin duda antecedió a todos los demás cultos, atribuyó a la luna varias influencias singulares. Su luz suave y melancólica, su sigilo errante, los peculiares equívocos que causan sus rayos inciertos, ese halo de misterio que envuelve a la *amable hija del cielo*, reforzaron las ideas supersticiosas y a veces poéticas que asociaron los hombres a su aparición. En el paganismo, entre los musulmanes, entre los cristianos incluso, esas ideas pervivieron, y distan de haberse destruido.

Una multitud de gente nos diría aún que la luna corroe las piedras. Se les sigue llamando *lunáticos* a las cabezas sujetas a arrebatos periódicos de locura, y el vulgo cree infalible que una mujer que concibe en los primeros días de la luna nueva da a luz un varón; mientras, en su último cuarto, el ayuntamiento conyugal no puede dar como fruto sino una hija.

También se han equivocado quienes someten a las féminas al imperio de la luna en cuanto al retorno regular de los signos de la fecundidad; se ha aseverado además erróneamente que los rayos de la luna (que carece de calor) ennegrecían la tez de las personas delicadas.

Se ha dicho que la luna custodiaba las evocaciones y todos los negros conjuros de magos y brujos; incluso se atribuyó a los hechiceros poderosos la facultad de hacer descender la luna a sus cavernas.

Así, quedan aún buenos aldeanos que, convencidos como algunos pueblos antiguos de que el disco de la luna no es más grande que el fondo de una cuba, creen que cuando hay un eclipse es porque un brujo sustrae la luna al cielo y la fuerza a que baje a surcar la hierba[86], para darle a dicha hierba virtudes infernales.

Y éstos no son todos los dislates que la necia superstición ha ideado contra el astro tan dulce de los amores y las tiernas meditaciones; en su mayoría, los pueblos han creído que la salida de la luna era una misteriosa señal con la que los espectros se ausentaban de sus sepulcros. Los orientales relatan que las lamias y las algolas acuden a los cementerios a desenterrar muertos y a darse sus horribles festines al claro de luna. En ciertos parajes del este de Alemania se

---

[86] Véase el poema *Farsalia* del poeta hispanorromano Lucano (39-65 d. C.); aunque su tema es la guerra civil entre Julio César y Pompeyo, el libro VI trata del poder de la nigromante Ericto sobre la luna. Ericto es un personaje ficticio, inspirado en las creencias populares romanas sobre la luna y la brujería.

afirmaba que los vampiros no comenzaban su caza hasta la salida de la luna, y que se veían obligados a volver a sepultarse al canto del gallo.

Pero la idea más extraordinaria, y que caló hondo en algunas aldeas, es que la luna resucitaba a los vampiros. Así, cuando uno de estos espectros, al ser perseguido en sus correrías nocturnas, era alcanzado por una bala o una lanza, se creía que podía morir una segunda vez, pero que al exponerse a los rayos de la luna recobraba las fuerzas perdidas y el poder de morder de nuevo a los vivos.

Tal idea horrible, aunque romántica, no estuvo muy extendida: sin embargo, se ha hecho de ella un uso bastante logrado en un relato atribuido a Lord Byron[87]. Ruth-

---

[87] El relato es *El vampiro* (1819), cuya autoría atribuyó un diario inglés por equivocación a Byron al publicarlo en 1819; sin embargo, el propio Byron desmintió que fuera suyo. La obra es de John William Polidori, quien, al parecer, se documentó en la obra de Dom Calmet que hemos citado varias veces en ésta.

ven, matado por unos malhechores, pide que lo expongan a los rayos de la luna; y al cabo de un cuarto de hora revive.

En el horrendo melodrama que este relato ha inspirado, esa escena cierra el segundo acto. Ruthven muere alcanzado por una bala: lo tienden en una roca en que la luna proyecta su luz, y resucita...

Sin embargo, leyendo la historia del vampiro Harppe y las de otros fantasmas que habían recibido lanzadas o balazos, no se ve que los rayos de la luna pudieran revivirlos...

Pero sin suda huelga detenerse más tiempo en una materia tan frívola.

CAPÍTULO V

DE LAS RESURRECCIONES MILAGROSAS Y DE LAS NATURALES.— HISTORIA DE UN MUERTO RESUCITADO POR SAN ESTANISLAO.— ANÉCDOTAS DIVERSAS DE PERSONAS RESUCITADAS.

Las resurrecciones han fortalecido aún más la fe en las apariciones y puesto en boga toda clase de espectros. Es consabido con qué milagros Hipólito y otros cuantos tuvieron la dicha de revivir tras haber *estado muertos*. Plutarco habla de un truhán, un tal Tespesio, que se partió el cuello y murió; pero al cabo de tres días, cuando iba a hacerse su funeral, estornudó, pidió de beber, contó que acababa de hacer un pequeño viaje al otro mundo, y vivió desde entonces como un hombre honesto, tras convertirse, por miedo al infierno[88].

Un tal Pamilius, muerto en batalla, permaneció diez días entre los muertos, y resucitó cuando lo llevaban a la hoguera.

«Todas las vidas de santos están tan llenas de resurrecciones de muertos que podrían componerse grandes volúmenes con ellas: esas resurrecciones guardan una relación manifiesta con la materia que tratamos aquí, pues se trata de personas muertas, o *consideradas como tales*, que salen del sepulcro en cuerpo y en alma, y se aparecen a los vivos[89]».

Cabe citar, entre otras historias, la aventura de San Estanislao, obispo de Cracovia,

---

[88] Plutarco: *De sera numinis vindicta* (22-33, 563b-568a).

[89] Dom Calmet (*ibidem:* IV).

quien, si nos fiamos de los bolandistas, resucitó a un hombre muerto hacía tres años. El hecho acaeció en Polonia, donde después los vampiros se volverían tan comunes.

San Estanislao, que había comprado a un noble llamado Piotr unas tierras situadas junto al Vístula, le pagó el precio al vendedor, pero sin escrituras, sin recibo, sin documentación alguna: disfrutó de ellas durante tres años sin que le importunaran en su posesión, si bien los hijos del noble que las había vendido las reclamaban como propias. Al fin, al cabo de tres años de la muerte de su padre, citaron al obispo ante el rey Boleslao. El obispo arguyó que había pagado las tierras; pero no pudo presentar a ningún testigo. Iba a ser condenado: al instante exclamó que solicitaba un plazo de tres días y prometió que llevaría ante el rey al propio noble que le había vendido las tierras. Por más ridícula que fuera aquella petición, fue aceptada.

Pasados los tres días, San Estanislao se persona en hábitos pontificios, con todo su clero, en el sepulcro de Piotr; le ordena que salga y que acuda con él a testificar. El muerto se levanta, y le dan un abrigo; lo conducen ante el rey. El espectro, que estaba muy desmejorado, toma la palabra, declara que había cobrado el precio de sus tierras, y vitupera duramente a sus hijos por su impiedad. Estanislao le pregunta a continuación si desea permanecer en vida; pero responde que no, y regresa en paz a su sepulcro[90].

Aquel suceso habría debido de tener un efecto prodigioso en los polacos; sin embargo, parece ser que el rey no se dejó

---

[90] En el siglo XIII —añade Collin de Plancy—, en cierto paraje de Alemania, un abad de monjes se apropió de las tierras de un noble, e hizo público que éste se las había donado en su lecho de muerte. Sin embargo, el noble no estaba muerto: lo habían encerrado en un calabozo del convento, donde sobrevivió siete años. Al cabo de aquel tiempo, logró escapar, reapareció y reclamó su finca; pero le hicieron pasar por un espectro. El pueblo y los monjes iban a proceder contra él, de no haber sido porque huyó. No se sabe qué fue de él.

persuadir, o, más bien, que tenía el corazón duro como una piedra, pues algún tiempo después, sin andarse con miramientos hacia aquel santo capaz de obrar milagros, hizo que mataran a Estanislao por sedición.

Puede leerse un relato semejante al anterior en las vidas de los Santos Padres. Se acusaba a un clérigo de haber matado a un hombre rico para quitarle una gran suma de dinero que llevaba consigo. El abad del convento se puso a rezar y ordenó al muerto que dijera la verdad. El difunto se levantó en el acto, proclamó la inocencia del clérigo y dijo que lo había matado *otro*; conque el santo abad le dijo: «Dormid en paz». Y el muerto *se durmió y murió*.

San Agustín cuenta que un aldeano de las inmediaciones de Hipona, llamado *Curma*, murió una mañana, y permaneció dos o tres días *sin hálito*. Cuando se disponían a enterrarlo, abrió los ojos, y preguntó qué estaba ocurriendo en casa de otro aldeano del vecindario, que también se llamaba *Curma*: le respondieron que acababa de morir en el preciso instante en que él había resucitado. «No me sorprende —dijo—; se habían confundido por los nombres: acaban de decirme que no era Curma el pavorde, sino Curma el mariscal quien debía fallecer». Contó por añadidura que había visto los infiernos; e hizo que lo bautizaran.

Da como para pensar que esta clase de fábulas, repetidas una y otra vez, no pretendían precisamente hacer menguar las creencias en supersticiones. La fe cristiana, como todas las demás, se aprovechó de los muertos vivientes, las resurrecciones y las apariciones sobrenaturales para dar cuenta del infierno y gobernar metiendo miedo.

Estos procedimientos ya no están de moda en el siglo en el que vivimos, porque, aunque los muertos resucitaran después de dos o tres días de letargia, no se vería en ello ningún milagro. Es consabido que se producen no pocas muertes aparentes, y apenas si se reconoce a regañadientes que a veces se entierran personas vivas; por ende, es deseable que Francia adopte por fin el uso de practicar autopsias de los cuerpos antes de sepultarlos para cerciorarse de que no se cometen homicidios.

El célebre clérigo Juan Duns Escoto fue enterrado vivo en Colonia; y cuando se dio la ocasión de abrir su sepulcro vieron que se había roído los brazos...

En el siglo XVII se celebró en Roma el funeral de una gran dama, que recobró el hálito y la vida mientras cantaban el oficio de los difuntos ante su ataúd.

El médico Zacchias habla de un joven al que creyeron muerto dos veces, y que dos veces resucitó en el momento en que iban a enterrarlo.

Enterraron a una mujer de Orleans dejándole en el dedo un valioso anillo, que no le pudieron extraer. La noche siguiente, un sirviente abrió el sepulcro, partió el ataúd y quiso cortarle el dedo que ceñía el anillo.

La difunta dio al instante un gran alarido: el criado salió huyendo. La pobre mujer se liberó como pudo, regresó a su hogar, y vivió más tiempo que su marido.

El cirujano Benard vio sacar de un sepulcro vivo y respirando a un franciscano que llevaba tres o cuatro días encerrado en él, y que se había roído las manos: murió en cuanto tomó el aire.

La mujer de un concejal de Colonia fue enterrada, en 1571, con un valioso anillo, el sepulturero abrió el sepulcro de noche para quitarle el anillo; pero la dama a la que creían muerta salió del ataúd y fue a llamar a la puerta de su casa. En primera instancia la tomaron por un *fantasma*; al fin le abrieron; más tarde tuvo tres hijos, que fueron eclesiásticos.

Todo el mundo conoce las aventuras de François de Civille, quien, herido en el asedio de Ruan por Carlos IX, permaneció enterrado medio día, fue luego abandonado cinco días en un lecho donde no daba ningún signo de vida, y, por fin, como lo daban por muerto, lo arrojaron a un estercolero, y, quien, aun así, regresó en perfecto estado de salud.

En una gran peste que asoló Dijon, en 1558, una dama, a quien daban por muerta de la enfermedad epidémica, fue arrojada a una fosa junto a varios cuerpos muertos. Se reanimó a la mañana siguiente e hizo grandes esfuerzos por salir; pero su debilidad y el peso de los cuerpos que la cubrían se lo impidieron. Permaneció cuatro días en aquella situación, hasta que los enterradores se la llevaron de vuelta a casa, donde se restableció por completo[91].

Abundan anécdotas de este género, que muestran al menos que sí pueden darse resurrecciones naturales. La charlatanería se las ha apropiado para infundirlas en las mentes crédulas y la superstición las ha convertido en fantoches.

---

[91] Estos relatos aparecen en Dom Calmet, *ibidem*.

CAPÍTULO VI

CONTINUACIÓN DEL MISMO ASUNTO.

El abad Salin, prior de la abadía de Laya San Cristóbal, en Lorena, pasó por muerto en 1680. Ya estaba en el ataúd y a punto de ser enterrado cuando lo resucitó uno de sus amigos, que le dio de beber un vaso de vino de Champaña: *volvió a morirse* catorce años más tarde. En un siglo o en un país algo más bárbaro, habría sido un gran milagro, y acaso lo fue para los loreneses, que unos años después también se vieron plagados de vampiros.

Aún diremos unas palabras más acerca de resurrecciones milagrosas que se citan en autores antiguos y que sucedieron en tiempos remotos en que no podemos buscar pruebas. Plinio habla, en el séptimo libro de su *Historia natural*, de un joven que se quedó dormido en una caverna y permaneció en ella cuarenta años sin despertarse. Nuestras leyendas narran la historia de siete durmientes que también durmieron durante ciento cincuenta años. El filósofo Epiménides también durmió cuarenta o cuarenta y siete, o cincuenta y siete años, pues los historiadores no se ponen de acuerdo.

Los cristianos piensan que Enoc y Elías están aún vivos; algunos creen incluso que San Juan Evangelista no está muerto, sino que vive aún en su sepulcro, como los vampiros.

Clemente de Alejandría cuenta, citando a Platón, que Er, hijo de Zoroastro, resucitó doce días después de que hubieran quemado su cuerpo en la hoguera. Flegón dice que un soldado sirio del ejército de Antíoco, después de que lo mataran en las Termópilas, se apareció a plena luz del día en el campamento de los romanos, y habló a varias personas: cabe creer que no lo habían matado bien.

Encontramos de nuevo en Plinio un breve relato que guarda alguna relación con el vampirismo. Es sabido que Cardano, San Pablo y multitud de otros se jactaron de que hacían viajar sus almas sin que sus cuerpos las acompañaran. El alma de Hermótimo de Clazómenas se le ausentaba del cuerpo cuando a él le apetecía, recorría países lejanos y contaba a su regreso cosas sorprendentes. Parece ser que aquella alma también se metía en camisas de once varas, pues Hermótimo se hizo enemigos. Un día en que su alma andaba de correrías, y su cuerpo, sin dar signo ninguno de vida, se asemejaba mucho, como de costumbre, al de un cadáver, los enemigos de Hermótimo quemaron aquel cuerpo, y le quitaron así al alma la funda a la que regresar.

Se ha señalado, a propósito de las resurrecciones milagrosas, que harían bien los resucitados en traer noticias del otro mundo, cosa que no hacen, en vez de atormentar a los vivos, con lo innecesaria que resulta tal cosa.

Jamás ni los muertos vivientes ni los vampiros han dicho nada de lo que les había sucedido desde el instante de su muerte. Ni siquiera Lázaro, ni tampoco el hijo de la viuda de Naín, a quienes resucitó Jesucristo, ni los muertos que vagaron por las calles de Jerusalén cuando el Salvador expiró en la cruz, han revelado nada a los hombres del estado de las almas en la otra vida; y si hay presuntos muertos vivientes que sí han dicho algún que otro disparate al respecto, lo han hecho en el sentido y en el interés de sus religiones. Los paganos hablaron de Plutón, de Minos, las Parcas, las Furias; los cristianos hablan del diablo, de las calderas hirvientes, y de las almas bienaventuradas que se pasan la eternidad cantando aleluyas.

Ciertas resurrecciones naturales han podido dar pie a la creencia en los regresos milagrosos. Por consiguiente, no se trata ya únicamente del regreso de un espíritu, sino que a veces vuelven en cuerpo y en alma, resucitados por un demonio y enviados de vuelta por un tiempo entre los vivos: si esos muertos vivientes materiales son malignos, son vampiros.

CAPÍTULO VII

DE LO QUE ES MENESTER CREER DE LOS VAMPIROS.— CONCLUSIÓN.

Puede darse también el caso de que en los países en que el vampirismo ha ido causando estragos a lo largo del tiempo se haya enterrado a alguna persona viva, y que ésta haya encontrado la forma de salir de su sepulcro. Que ese presunto fantasma se haya aparecido ante su familia, que ésta se haya espeluznado y no haya querido recibirlo; que los amigos y toda la aldea hayan sentido lo mismo y obrado de la misma manera. Desde ese instante, las inoportunidades del desdichado espectro se prestan a convertirlo en cuanto se antoje.

Si alguien de quienes hayan recibido esas visitas muere de espanto u otra causa, todo el país se verá alterado por contagio supersticioso.

Todos y cada uno de los escritores sensatos convienen en que las historias de vampiros se han exagerado, y piensan que si uno de cada diez de ellos se ha aparecido de verdad, era un hombre en letargo al que habían enterrado vivo.

Dom Calmet dirime si los vampiros no tenían acaso la facultad de vivir en sus ataúdes, aunque fuera sin movimiento ni respiración; y añade que no es ese escollo el que lo detiene, sino saber «¿cómo salen de sus sepulcros, cómo vuelven a entrar en ellos sin que se note que han removido la tierra y dejándola en su estado anterior; cómo es posible que se coman su propia ropa y, aun así, siempre anden vestidos;

por qué, si no están muertos, no se quedan entre los vivos; por qué chupan la sangre de sus parientes; qué les hace morder y extenuar a personas que deben de serles queridas, y que no los han ofendido? Si todo ello sólo es fruto de la imaginación de quienes sufren su hostigamiento, ¿cómo se explica que los vampiros se hallen en sus sepulcros incorruptos y llenos de sangre; o que, al día siguiente de vagar y aterrorizar a los lugareños, tengan los pies llenos de barro; cómo se explica que no se note nada parecido en los demás cadáveres enterrados al mismo tiempo, en el mismo cementerio; cómo se explica que dejen de aparecerse y dejen de morder cuando los queman o los empalan?».

No hay que asombrarse de toda esa retahíla de prodigios. Desde el instante en que hubo voluntad de creer en la existencia de vampiros, no quedó más remedio que fraguar su historia. No los conocemos sino de lejos; y, de mil aventuras que podrían contarse sobre dichos espectros, apenas si hallaríamos diez que tuvieran un poco más de veracidad que los cuentos de *Las mil y una noches*.

Luis xv, queriendo saber la verdad de todos estos hechos extraordinarios, ordenó al famoso duque de Richelieu, por entonces embajador suyo en Viena, en Austria, que examinara exhaustivamente el asunto, viera las actas y le rindiera cuentas. El duque mandó que le instruyeran en todo con exactitud y respondió al rey que nada parecía más cierto que lo que se publicaba de los vampiros de Hungría.

Los filósofos no se contentaron con aquella respuesta; observaron que el duque de Richelieu había recabado sus informes lejos del escenario del vampirismo: el rey ordenó a su embajador que se trasladara al lugar en que los vampiros cometían sus tropelías, y que lo viera todo por sí mismo. El duque obedeció; y averiguó que todo lo que le contaban de aquellos espectros era por lo general fruto de la imaginación y de la suspicacia.

Ya se ve de qué hilo tan fino penden las certidumbres históricas. Si se hubieran conformado con la información venida de lejos, los partidarios de la existencia del vampirismo habrían aducido esas pruebas *irrebatibles*, que no eran más que informes falaces y rumores populares.

Dom Calmet, que al menos obraba de buena fe en su teología, y que relataba cuanto sabía tanto a favor como en contra de los vampiros, habla de una carta que le había escrito, el 3 de febrero de 1745, el reverendo padre Śliwiński, visitador de la provincia de los Padres de la Misión de Polonia. Aquel sabio clérigo tuvo el afán de escribir unas memorias sobre los vampiros, pero sus ocupaciones se lo impidieron.

Dice en su carta que deben de obrar en los registros de la Sorbona, desde el año 1700 hasta el 1710, dos resoluciones que prohibían formalmente cortar la cabeza y quemar el cuerpo de vampiros. Parece ser, por esas resoluciones, que la Sorbona no admitía la existencia de espectros de dicha clase, menos *crédula*, a pesar de su índole, que ciertos hombres de nuestro siglo, que ni siquiera pueden tapar su imbecilidad con la sotana eclesiástica.

El padre Śliwiński decía además que en Polonia se estaba tan convencido de la existencia de vampiros que se consideraba poco menos que herejes a quienes osaban ponerla en entredicho. Contaban hechos que decían irrefutables y citaban para ello un sinfín de testigos.

«Me he tomado la molestia de llegar a la fuente —añade el juicioso clérigo—; he querido interrogar a quienes eran citados como testigos oculares; resulta que no ha habido nadie que haya osado afirmar que hubiera visto los hechos en cuestión, y que éstos no eran más que puras ensoñaciones y fantasías causadas por el miedo y por informes sin fundamento».

Concluyamos, pues, que todas esas historias de fantasmas, muertos vivientes, espectros, demonios, estriges, brucolacos, vampiros, merecen más atención que las prodigiosas aventuras de *Las mil y una noches* y que *Los cuentos de mamá Ganso*; pero ninguna mente sensata da más crédito a aquellas historias que a estos cuentos.

ARTÍCULO DE VOLTAIRE SOBRE EL VAMPIRISMO

EXTRAÍDO DEL DICCIONARIO FILOSÓFICO

¡Cómo! ¡Que en nuestro siglo XVIII ha habido vampiros! ¡Que después del reinado de Locke, Shaftesbury, Tranchard, Collins; y durante el reinado de D'Alembert, Diderot, Saint-Lambert, Duclos, se ha dado crédito a los vampiros, y el reverendo padre Dom Calmet, clérigo, benedictino de la congregación de San Vannes y de San Hidulfo, abad de Senones, abadía de cien mil libras de renta, vecina de otras dos abadías de igual renta, ha imprimido y reimprimido la historia de los vampiros, con la aprobación de la Sorbona, firmada por Marcilli!

Esos vampiros eran muertos que salían de noche de sus cementerios para ir a chuparles la sangre a los vivos, de la garganta o del vientre; tras lo cual volvían a meterse en sus fosas. Los vivos mordidos enflaquecían, palidecían e iban decayendo consumidos; y los muertos succionadores engordaban, adquirían colores escarlatas y un aspecto de lo más lozano. Era en Polonia, Hungría, Silesia, Moravia, Austria, Lorena donde los muertos criaban buenas carnes. No se oía hablar de vampiros en Londres, ni siquiera en París. Confieso que en estas dos ciudades hubo usureros, recaudadores, gentes de negocios, que chuparon en pleno día la sangre del pueblo; pero no estaban muertos, aunque sí corruptos. Aquellos verdaderos chupópteros no moraban en cementerios, sino en palacios muy gratos.

¡Quién habría creído que la moda de los vampiros nos llegaría de Grecia! No es de la Grecia de Alejandro, Aristóteles, Platón, Epicuro, Demóstenes, sino de la Grecia cristiana, desgraciadamente cismática.

Desde hace tiempo los cristianos del rito griego se imaginan que los cuerpos de los cristianos del rito latino enterrados en Grecia no se pudren, porque están excomulgados. Es justo al contrario que nosotros, cristianos del rito latino: nosotros creemos que los cuerpos que no se corrompen llevan estampado el sello de la beatitud eterna; y en cuanto se han pagado cien mil escudos a Roma para que les den la patente de santo, los adoramos en culto de dulía.

Los griegos están convencidos de que esos muertos son brujos; los llaman *brucolacas* o *vrucolacas*, según pronuncien la segunda letra del alfabeto. Esos muertos griegos vagan por las casas chupando la sangre de los niños pequeños, comiéndose la cena de los padres y madres, bebiéndose su vino y rompiendo todos los muebles: no se les puede hacer entrar en razón más que quemándolos cuando se los atrapa; pero hay que tener la cautela de no quemarlos sin haberles arrancado antes el corazón, que se quema aparte.

El célebre Tournefort, enviado al Levante por Luis XIV, así como tantos otros virtuosos, fue testigo de todas las tropelías atribuidas a uno de aquellos brucolacos, y de dicha ceremonia.

Después de la maledicencia, nada se contagia tan pronto como la superstición, el fanatismo, el sortilegio y los cuentos de muertos vivientes. Hubo brucolacos en Valaquia, en Moldavia, y al poco entre los polacos, que son de rito romano: les faltaba esa superstición, que se extendió por todo el este de Alemania. Apenas si se oyó hablar de otra cosa que de vampiros desde 1730 hasta 1735: los acecharon, les arrancaron el corazón y los quemaron: se asemejaban a los antiguos mártires; cuantos más quemaban, más aparecían.

Calmet se convirtió a la postre en su historiógrafo, y estudió los vampiros como había estudiado el Antiguo Testamento y el Nuevo, exponiendo fielmente todo lo que se había dicho antes de él.

Son cosa curiosísima a mi juicio las actas de índole jurídica acerca de todos los muertos que habían salido de sus sepulcros para dedicarse a morder a los niños y niñas pequeños de su vecindario. Calmet relata que en Hungría dos oficiales delegados por el emperador Carlos VI, asistidos del alguacil y del verdugo, fueron a investigar a un vampiro, muerto hacía seis semanas, y que andaba chupando la sangre de todo el vecindario. Se lo encontraron en su féretro, fresco, exultante, con los ojos abiertos, y pidiendo de comer. El alguacil dictó su sentencia: el verdugo le arrancó el corazón al vampiro y lo quemó, después de lo cual el vampiro no volvió a comer.

¡Cómo osar dudar después de eso de los muertos resucitados de los que nuestras antiguas leyendas están repletas, y de todos los milagros relatados por Bollandus y por el sincero y reverendo Dom Ruinart!

Encontraréis historias de vampiros hasta en las *Cartas judías* de aquel marqués de Argens a quien los jesuitas, autores del diario de Trevoux, acusaron de no creer en nada. Hay que ver cómo se jactaron de la historia del vampiro de Hungría; cómo agradecían a Dios y a la Virgen que al fin hubieran convertido a ese pobre marqués de Argens, chambelán de un rey que no creía en los vampiros.

Helo aquí, decían, ese descreído de marras, que ha osado poner en entredicho la aparición del ángel a la santa Virgen, la estrella que guió a los magos, la curación de poseídos, el ahogamiento de los dos mil cerdos en un lago, el eclipse de sol en luna llena, la resurrección de los muertos que caminaron por Jerusalén; su corazón se ha ablandado, se le ha iluminado el espíritu; cree en los vampiros.

Ya no fue cuestión entonces más que de dirimir si todos aquellos muertos habían resucitado por su propia virtud, o por el poder de Dios, o por el del diablo. Varios grandes teólogos de Lorena, de Moravia y de Hungría alardearon de sus opiniones y de su ciencia: se refirió cuanto San Agustín, San Ambrosio y tantos otros santos habían dicho, por más ininteligible que resultara, sobre los vivos y los muertos; se refirieron todos los milagros de San Esteban que aparecen en el séptimo libro de las obras de San Agustín: he aquí uno de los más curiosos. Un joven fue aplastado en la ciudad de Aubzal en África, bajo las ruinas de una muralla: la viuda se puso en el acto a invocar a San Esteban, de quien era muy devota. San Esteban lo resucitó. Le preguntaron qué había visto en el otro mundo: «Señores —dijo él—, cuando mi alma hubo dejado atrás mi cuerpo, se encontró con una infinidad de almas que le hacían más preguntas sobre este mundo de las que me hacéis sobre el otro. Iba yo a no sé dónde cuando me encontré con San Esteban, que me dijo: "Devolved lo que habéis recibido". Yo le respondí: "¿Qué queréis que os devuelva? Nunca me habéis dado nada". Él me repitió tres veces: "Devolved lo que habéis recibido". Entonces entendí que quería decir el credo: le recité el credo, y de pronto me resucitó».

Citaron en particular las historias que relata Sulpicio Severo en la vida de San Martín. Probaron que San Martín había resucitado, entre otros, a un réprobo.

Pero todas esas historias, por verdaderas que puedan ser, nada tenían en común con los vampiros que se dedicaban a chupar la sangre de sus vecinos y luego regresaban a sus féretros. Indagaron si no encontrarían en el Antiguo Testamento o la mitología algún vampiro que pudieran dar por ejemplo: no encontraron ninguno; pero probaron que los muertos bebían y comían, puesto que abundaban naciones antiguas que ponían víveres encima de los sepulcros.

La dificultad era saber si era el alma o era el cuerpo del muerto lo que comía: decidieron que eran tanto una como otro. Los manjares delicados y poco sustanciales, como los merengues, natas batidas y frutas jugosas, eran para el alma; las chuletas de buey, para el cuerpo.

Dicen que los reyes de Persia fueron los primeros en mandar que, una vez que hubieran muerto, les sirvieran de comer. Casi todos los reyes de hoy día les imitan; pero son los monjes quienes se comen su almuerzo y su cena, y quienes se beben el vino: así, los reyes no son, propiamente dichos, vampiros; los verdaderos vampiros son los monjes, que comen a costa de los reyes y de los pueblos.

Bien es verdad que San Estanislao, tras comprarle unas tierras considerables a un noble polaco y no pagárselas, cuando fue emplazado por los herederos ante el rey

Boleslao, resucitó a aquel noble; pero fue únicamente para que le diera el recibo; y no se dice que ofreciera siquiera un vaso de vino al vendedor, que se volvió al otro mundo sin haber bebido ni comido.

Después plantean la gran pregunta de si se puede absolver a un vampiro que haya muerto excomulgado: eso hace más al caso.

No estoy bastantemente versado en teología como para dar mi opinión sobre ese extremo; pero sería partidario de la absolución, porque en todos los asuntos dudosos, hay que tomar siempre el partido más benévolo: *Odia restringenda, favores ampliandi.*

El resultado de todo ello es que una gran parte de Europa se vio plagada de vampiros durante cinco o seis años, y que ya no quedan; que nosotros tuvimos convulsionarios en Francia durante más de veinte años, y que ya no quedan; que tuvimos poseídos durante mil setecientos años, y que ya no quedan; que siempre se han resucitado muertos desde tiempos de Hipólito, y que ya no se resucitan; que tuvimos jesuitas en España, en Portugal, en Francia, en las Dos Sicilias, y que ya no los tenemos.

www.ingramcontent.com/pod-product-compliance
Lightning Source LLC
LaVergne TN
LVHW040138080526
838202LV00042B/2949